いなくなくならなくならないで

向坂くじら

Sakisaka Kujira

河出書房新社

いなくなくならなくならないで

1

ファントムバイブレーションシンドローム。実際には起きていない携帯電話の振動を錯覚することをそう呼ぶのだという。携帯電話の普及によって、ポケットのなかに触覚的に着信を受けることを学習した身体は、衣服やなんかのわずかな刺激に敏感に反応してしまう。それで反射的に携帯電話を取りだし、肩透かしを食らうのだ。日本語では幻想振動症候群というそうだが、時子《ときこ》はいつも「ファントム」の語感にひっぱられて、幽霊のことが頭をよぎる。幽霊振動症候群、あっ、と思うたび、幽霊、幽霊、と自分に念じて、ポケットに伸びそうになる手をこらえる。さざ波のような振動で太ももがしびれる気がしてきても、目を伏せて耐える。そしてそのことにも、もうすっかり慣れきっていた。

存在しない振動を相手にしないと決めたのは、三、四年前だろうか。それ以前、ひどいときには日に何回も、「幽霊」は時子を訪れた。そのころの時子は毎回律儀にポケットに手をつっこみ、そのたび時間を見たようなふりをして、そっと戻していた。息をつくといつも、くやしいような、今度は自分のほうが無性にだれかに電話をかけたいような、ちぢんだ気持ちになった。なにより痙攣のように反応する、意思を持たない身体がいやだった。それで、実在だろうが幽霊だろうが、もうすべての振動を無視することに決めた。当然、本物の電話に出られないことも、そのせいで不便な思いをすることもしょっちゅうだったけれど、あきらめた。その甲斐あって、最近は錯覚も減ってきていたのだ。

だから、あ、久しぶり、とはじめは思った。リクルートスーツのポケットが、びりびり下腹部をふるわせている。「鳴ってるよ」と声をかけてきたのは会社の先輩で、時子は目が覚めたように携帯を取り出す。人にも聞こえているのなら、思い込みではなかったのだ。「非通知」の三文字を認識するかしないかで着信は終わり、いつもの待受画面に「不在着信」と表示された。好きな映画のポスターを無理やり待受サイズに切り抜いたせいで、しかも機種変更をくりかえしても待受だけは据え置きにしているせいで、画質の悪い待受。

先輩が横から覗きこんで、あっと声を発する。

「それグロいやつだよね。そういうのいけるって意外だわ、わたし無理なんだよね。てかかわいそうなのが無理。あ、着信、緊急とかだったら折り返してもいいんだよ。うちの会社ゆるいから」

「大丈夫です。営業かなんかですし」

言った直後にまさにいま目の前にいるこの人が「営業」であることを思い出したけれど、やむなし、と時子は思った。十月一日、内定式だった。一緒に内定した八人の同期はスーツ、ほかの大人たちはみんなパーティのような派手な格好をして、片手にワイングラスを持っていた。会社の伝統だという。といってもそんなに歴史ある会社ではないから、たかだかここ数年の話だろう。「ゆるい」と言われたそういう軽《かろ》みを、時子もまた軽く受けとめていた。思った通り先輩は気にするようすもなく、「あるよね」と言った。

だから帰りの暗い道、ポケットに手が伸びた瞬間は、しまった、と思った。しまった、油断した。あの非通知のやりとりに酔いと疲れも加わって、警戒がゆるんでいた。あーあ、と思っていながら身体はほとんど自動的に携帯を取り出していて、すると着信だった。存在する振動、非通知。そのまま押し流されるように、時子は応答ボタンにふれていた。

はじめのひと声をなんと発したか覚えていない。それで次の日の午後には、もう池袋《いけぶくろ》駅前に立っていた。夏が剝《は》がされまいと嚙みついているような陽気だった。

待つことが、いつも時子にはしっくりくる。心配性が悪さをして、早すぎる時間に着くことが多い。それも、カフェに入って時間をつぶすほどではない、中途半端な時間をあまらせる。しかたないから立って待っているのだが、遅刻されて待つのと、勝手に早く着いて待つのとは違う。相手を待っているのには変わりないけれど、百パーセント相手に待たされているわけではない。自分で選んだとはいえ、好きこのんで立っているのでもない。その、どちらの責任でもないところにぽつんといるようなのが、時子の身体によくなじむ。だから約束の五分前に朝日《あさひ》があらわれたとき、このままいつまでも待ちつづけていたいような心構えが裏切られたと思った。朝日は黄緑色のパーカーを着ていて、目があうとほんの一瞬目を逸らし、しかしまたすぐ目をあわせて、指先だけで手をふった。それでもう、時子にはそれが朝日だとわかった。

朝日が死んで四年半になる。

死んだはずの友だちから電話がかかってきて、明日会いたいと言われた。そんなことを言えば心配されるだけだろうから、時子はだれにも話さずに池袋まで来た。だいたい、朝日が死んだことを本当に知っているのは時子だけだ。

高校二年生の冬休み明け、朝日は学校へ来なくなった。はじめはみんな、朝日が不登校になったと思ったみたいだった。けれど間もなく名簿から朝日の名前が消えると、教室はあらためてざわざわしはじめる。海外に転校したってほんと？　借金で夜逃げしたってほんと？　妊娠して結婚したってほんと？　うわさ話ははしから時子のところへ持ちこまれたけれど、時子は徹底して答えなかった。そのうちとうとう、誰も朝日の話をしなくなった。そんなふうにして、朝日は本当にどこにもいなくなった。確かにそのはずだったのだ。

けれど目の前に立たれてしまうと、信じるのがおかしいのと同じくらい、疑うのもおかしかった。はじめ、時子はなにか言おうとした。真正面からおどろきの声をあげるのも、なにもなかったように「久しぶり！」なんて言うのも違う。かといって何度も想像してきた、怒声をあげるのも、頰をはたくのも、抱きしめるのも違った。それで、「ああ」と言った。すると朝日が「うん」と答えて、時子の手をとった。にぎりかえすと、朝日の手はお菓子みたいに冷たかった。身体の全体は十七歳のころよりも大きくなっていたけれど、手のひらの薄さは同じだった。喉がさらに詰まったと思った瞬間、時子はもう泣きだしていた。それを見て、朝日はもう一度「うん」と言った。

手をつないだまま、近くのファミリーレストランに入った。時子はティラミスを、朝日はフライドポテトを頼んだ。朝日がポテトをつまむ仕草はそのたび、マジックみたいに目をうばった。歯で先端を受けとめて、嚙み切らないぐらいの強さで器用に口へ送り込む。指とくちびるが、それぞれ油だか、塩の結晶だかで、つやつや光っている。いる。いる。食べている。

「めっちゃふしぎ。朝日だ。なんでまた会えてんの？」

「ねえ。ふしぎだねえ」と朝日は言って、またポテトの真ん中あたりを人差し指と親指でつまんで持ちあげ、ひゅるんと口へしまう。

「どうしてたの？　あれから……」とたずねると、朝日は「どうにかこうにかって感じかな」と短く答えた。だから時子も、「そっか」と言った。それから代わるがわる、お菓子や、動物や、子どもの時に見た映画の話をした。はじめて会う人とするような話ばかりだった。春に大学を卒業して就職すると話すと、朝日は「就職かあ」とだけつぶやいて、それ以上なにもたずねなかった。

むかしはこんなふうではなかった、と時子は思う。なにを言って、なんと答えてもらっても、ふたりしてわざとおどけているようなぎこちなさがある。あんなに会いたかったはずなのに、相手が、というより前に、まず相手に接するための自分というものがつかめない。顔をあわせてはいるものの、実際のところはずっと自分のなかを覗きこんで、答えをさぐり当てようとしているみたいだった。口から出る言葉が氷の上をすべってゆくほど、かえって会話を続けようとする相手の気づかいがひりひりとしみる。もちろん朝日に聞きたいことは山のようにあったけれど、その気づかいに比べたら、どれもつまらないことに思えた。むかしは朝日の話すことならなんでも、ひと言目からもう時子のいちばん深いところへまっすぐ向かってくるようだったのに。

壁越しみたいなおしゃべりはあっけなく終わった。聞きたかったことは、なにひとつ聞けていないままだった。朝日は見たことのない長財布を取りだして、時子の分まで支払いをすませた。駅へ戻るまでのあいだ、ふたり並んでゆっくり歩いているのに、時子は置いていかれそうで怖かった。改札の前まで来ると、朝日は時子に向きなおった。

「今日ありがと。ごめんね急で」

「ぜんぜんいいよ、ぜんぜん。またいつでもね、で、いいのかな……」

朝日はうなずいた。

「まただよ。会えたからねえ。また会えるよ」

「あっ、連絡先、教えてよ」

「けど携帯持ってないからな。昨日公衆電話からかけたのよ」

「うそでしょ。困るでしょ」

「うーん。けど、住所ないと契約できないからねえ。また連絡するよ」

「なに、どういうこと、住所ないの？」

「うん」

「え、待って、いまどこに帰ろうとしてる？」

時子はにわかに、饒舌《じょうぜつ》になっていた。さっきまでふさがっていた喉が、急にひらいたみたいだった。胸がひりひりしている。それが心配のためか、ほかの理由なのか、時子にはわからなかった。

「どこかなあ。カラオケとか？」

けれど、朝日のその答えだけは、聞く前からわかっていたように思えた。わざと駅の時計を見ると、もう五時を回っていた。ひんやりした日の入りの気配が近づいているのが、ふたりのあいだにはっきり見えるようだった。

「あのさ、あれだったらうち泊まったらいいよ。ここから一本だし、いまひとり暮らしだから」

そうして、朝日は時子のうちにやってきた。


「いい家だねえ」と朝日は言った。大学生のひとり暮らしだから、そんなに広い部屋ではない。けれどさいわい時子の部屋には、実家から持ってきたまま上段が荷物置き場になっている二段ベッドがあったし、ふたりの背格好はそこまで変わらなかった。だからその晩、朝日は時子のスウェットに着替え、上のベッドに散乱したぬいぐるみに囲まれて眠った。

自分ではない人の発するかすかな音や気配が気にかかって、時子は未明に目を覚ました。なるべく軋《きし》ませないようにベッドのはしごを上る。まだいる。いなくなっていない。こちらに背中を向け、壁のほうに丸まって眠っている。背中は一定の拍でふくらんではしぼむことをくりかえす。息をしている、と思ったら、いつまでもそれをながめていたかった。しばらくそうしてから、自分のベッドに戻ると朝日と同じ体勢をとり、ふたたび眠った。マットレスを透かすほどのとても強い光で上から照らされたら、ふたりの影がぴったり重なるように。

ふたりともが目を覚ますと、冷凍してあったパンを焼いて食べ、カップ麵を食べ、チョコモナカジャンボを半分に割って食べた。起きるのが遅かったこともあって、時子のパソコンで動画を見たり、シャワーを浴びたり、内装や家賃について話したりしているうちに、あっという間に夜になった。朝日はなにをするにものんびりしていて、帰ろうとするようすはない。

いつまでいるつもりだろうか、とふしぎに思いはしたけれど、追い出そうとはとても思えなかった。いま朝日と別れてしまえば二度と会えないかもしれないし、なにかしら困っているにちがいない。頼ってもらえるのはうれしかった。仮に出ていってもらうとしても、なんと切りだせばいいのかもわからない。零時を回ったころ、朝日はベッドの枠にもたれて、ついにうとうとしはじめた。それで時子のほうがしびれを切らして、新しい着替えを出してやった。朝日はほんのいっとき顔色をうかがうような目つきをしたけれど、お礼を言って着替えを受けとり、おごそかに二段ベッドを上っていった。

寝息が聞こえてくると、時子は本棚から黄色い大学ノートを取り出した。表紙には「日」とだけ書いてある。「朝日」と「時子」の名前のなかに、同じ「日」の字が入っていることを、十七歳のふたりは喜んでいた。それで、一冊のノートに交互に日記を書きはじめるときにも、「日」とだけ書いた。日記の「日」も加わって、それで十分わかりやすいと思った。多くの人にはわかりづらいものが自分たちにだけわかるほどうれしいことはない。ふたりぼっちだった。それでいて、あくまでひとりぼっちがふたりなのだ、と思っていた。

子どものころは友だちを好きになると、なにかあげたくてしかたなくなるものだ。けれど子どもたちは、自由にできるお金も、時間も、そこまで持っていない。飲みものを買うぐらいのお金しか渡されず、月の昇る前には夕食を食べに帰らないといけない。かといって十七歳にもなってしまえば、石ころやとかげの死体、たんぽぽの花では満足がいかない。お互いにあげられるのは唯一、言葉だけだった。

大学に入ってひとり暮らしをはじめるときにも、そのノートを持ってきた。日記は朝日の書いたところで止まっている。力を入れずに軽くひらくと、必ずそのページで止まる。

12/21 さむ。サム。テストはたべちゃいました。時子のテストも朝日が食べちゃいました。るん。おばあちゃんはいいじゃん。死のうぜ。わたしが傷ついたっていうことでわたしを傷つけた人が傷つくっていうのはなんかもうどうしたらいいのかわからない。傷ついてないような顔してろよってことになってしまうしかないけど、じゃあうそつくなとは言わないでもらいたい。うそをつけって教えてくれたらよかった。でもわたしも母親を傷つけたことで傷ついているというのは同じなのかも、でも責めたりしないよ……？　これはやさしいからじゃなくて弱いからです。弱いから、自分が責められたくないからですねー。またラーメンいこ　あさひ

毎日背表紙だけは目に入っているのに、さわるのは久しぶりだった。記憶よりもざらざらしている。「死」の文字が見えたところでページをとじた。それから急いで、自分のベッドのマットレスの下に隠した。

「は、それで一緒に暮らしてんの？」

水谷《みずたに》が声をはり上げるのを聞いて、時子は顔をしかめるふりをしながら、ぎょっとされている手ごたえをしみじみと味わう。次の日、また次の日と朝日を泊めつづけるうち、二週間が過ぎていた。一度ふたりで大きなスーパーに出かけて、朝日の生活用品一式を買いそろえた。パジャマ、下着、歯磨き粉。本格的に同居すると決めたわけではなかったけれど、いずれ他のところに移り住むとしてもあって困ることはないだろう、という目算だった。朝日は涼しい顔で長財布からお金を出した。

時子が大学やアルバイトに行くあいだは、朝日に留守を任せた。帰ってくると朝日はいつも、ベッドの上の段で時子が買いあつめた漫画を読んでいた。下に降りれば机も座椅子もあるのに、天井のすぐそばで小さくなっている。ケージに隔てられた猫みたいに、自分に与えられたスペースを律儀に守っているらしかった。

最初から引かれるとわかっていて、わざと水谷に話していたのかもしれない、と、いつも引かれたあとで気がつく。どんな感情であろうと、自分の話がだれかの強い反応を引きだすのはおもしろいものだ。わかってもらいたい、とか応援されたい、みたいな欲がはなから萎《な》えていて、単に強いエネルギーのようなものにふれたいだけのとき、水谷ほどの適役はいない。

「そうなんですねえ」

「そうなんですねえじゃないでしょ。え、ふつうに警察じゃないの？」

「警察、はめんどいなあー」

水谷と知りあったのは大学のギターサークルで、ふたりともが未経験の初心者だった。就職も決まったいま、もうサークルは卒業しているようなものだ。それでも、ときどきこうしてキャンパスで落ちあい、ふたりで食事をする。四年生になっても、どちらもそこまでギターがうまくはならなかったし、好きなアーティストはひとりもかぶらなかった。

「警察でしょうよ。家族か誰かが捜索してるかもしれないじゃん」

「けど友だちだよ。わたしが泊めてって言ったら警察呼ぶ？」

「死んだと思って四年半経ってたら呼びますけど！」

「まーでも、死んでなかったわけですよ。それがすごいとこよね」

水谷はコーラの入った紙コップをかたむけて氷を食べていたけれど、何回か大きくかぶりをふった。噛んだ氷を呑みこみながら、いっしょになにかほかのいろいろなものを呑みこんでいるみたいだった。水谷の歯や胃のしたたかさに、時子はいつも感心する。

「ときちゃんがずっと言ってた、マブだった人でしょ」

そう、大貫《おおぬき》朝日はマブだった。

中高一貫校の一年生で同じクラスになって、はじめてカラオケに行った相手も、はじめてプリクラを撮った相手も朝日だった。最初は何人かのグループのうちのひとりだったけれど、しだいにふたりきりで遊ぶことが多くなった。大勢で出かけた帰り、路線の多い駅の改札で、グループがゆるやかに散らばったのと同時に、時子と朝日はそろってため息をついた。ふたりの肩は、たまたまかすかにふれあっていた。その瞬間、元来ふたりとも大勢でいるのが好きなわけではないことに、互いがほとんど同時に勘づいたのだった。

それからはしょっちゅう長い電話をした。時子はベランダで、朝日は布団の底で、夜遅くまで人生の苦痛についての協議を重ねた。朝日にはきょうだいがいない。父親はほとんどものを言わず、代わりというふうに常人の倍ほども口をきく祖母がずっといて、祖母が寝たあとに酔った母親につきあうのは朝日しかいなかった。朝日は自分は望まれずに生まれた子どもなのだとさんざんに知らされていたし、それと同時に、自分がいなくなったら大変なことが起きると悟ってもいた。そのふたつがキリキリと矛盾しながら、朝日の痩せた身体をすりつぶしていた。

夜のたび、かならず朝日が先に泣いた。けれど朝日が泣くと、かならず時子も泣いた。朝日は大きく泣いて、大きく笑う。それが、なにをするにもテンポがひとつ遅れるような時子のしずかさと、うっとりするほど合致していた。だれかと似ていたいし、それでいて異なってもいたい。そしてその凹凸がぴったりとあうただひとりを見つけて、さらにはその人にも、あなたこそただひとりであると言ってもらいたい。ふたりは肩がふれあうたび、だれもが持つそんな欲求を、少なくとも満たしあっていた。

時子にはいつも、人生というのは朝日のようなもののところで輝くのだ、と思えてやまなかった。朝日の人生と自分の人生とを指でつまんで秤《はかり》にのせたら、見た目は変わらないのに、朝日のほうに大きくかたむくにちがいなかった。苦痛もまた朝日のほうに多くあるとしても、そのぶんあらゆる取り分が朝日のほうに多くあるはずだと思った。事実、同じように他人が苦手なはずなのに、朝日ばかりが同級生によく好かれた。そしてまたときどき、どうして自分がそちらでないのか、とも思った。朝日と息をあわせて泣いているときにも心のどこかで、ひょっとして自分のほうがしんどいんじゃないか、と思うことがあった。自分のことで泣いていればすむ朝日がうらやましいことがあった。朝日のために泣く自分のほうが、他人であるというちょうどその分だけなんともならないのに、それは時子の人生の取り分にはならないのだ。声を嗄《か》らして苦しんでいるときでさえ、朝日には光があたって見えた。そして、その朝日がなぜか時子を頼り、替えのきかない友だちだと思っているらしいことだけが、かろうじて時子を照らしてくれたのだった。

そうして高校二年生の三学期がはじまる二日前の夜遅く、知らないアドレスからメールが届いた。「時子さんへ」という件名だった。送り主は大貫千里《ちさと》――朝日の母を名乗っていた。メールには、大晦日に朝日が自殺したこと、これから引越しをすること、そしてメールについては隠しておいてほしいことが、簡潔に述べてあった。時子が気づいたのは朝だった。跳ねるように朝日に電話をかけたけれど、電源が切られていると自動メッセージが流れた。朝日の母のアドレスに返事を送ると、すでにそのアドレスは存在しない旨のエラーメールが返ってきた。朝日宛に送ったメールだけが、かろうじて送信完了になった。けれど、返信は来なかった。

水谷はリップを塗りなおし、蓋をしめた。

「なんかすごい、大変だった人でしょ。めっちゃ無責任なこと言うけどさ、せっかく生きかえったんだから、いい感じになるといいね」

あっけらかんとそう言うから、時子はのけぞる。

「生きかえった、わけじゃないからね。そこまでは混乱してないよ」

言いながら、そうだろうか、と思う。自分はずっと、あのときからいままで、混乱しつづけているような気もする。

朝日のいない始業式の帰り道、時子は数日前に届いた年賀状を片手に、知らない路線のバスに乗りこんでいた。朝日の家に行くのははじめてだった。住所の地点には、「大貫 高橋」と表札の出た、アイボリーの壁の一軒家が建っていた。同じ形で色の違う家が、曲がり角までずらっと並んでいる。家の前にある一台分の駐車場は空《から》で、奥まで行けば窓から中が覗けそうだった。覗けそうだ、と思った時点で、窓にカーテンがかかっていないことにうすうす勘づいていたけれど、考えないようにした。

リビングらしいその部屋には、フローリングが広がっているだけだった。ただ一箇所、部屋の奥の壁だけ、色が違うように見えた。なにかが置いてあるのかもしれない。時子は目をこらし、それがなにかをみとめると、きびすを返して駐車場を出た。歩いていたのが、だんだん駆け足になった。次のバスは二十分後で、一度身体が熱くなるまで走ったせいか、かえって震えるほどの寒さだった。

部屋の奥にあったのは、巨大なシダだった。たっぷりと水をふくんだ分厚い葉がこちらに指先を向け、天井から床近くまで層を成していた。茎も土もなく、どこまでが壁で、どこまでが植物なのかわからない。緑色の肉がいきなり壁を突き破って出てきたみたいに見えた。シダはその瞬間にも壁から水を吸いあげ、めりめりと育っていった。

「じゃ、幽霊でしょうね」と、水谷はやはり軽々と言う。

時子は、皿に残っていた揚げ餃子ふたつのうち、ひとつを水谷の皿にうつした。お腹がいっぱいだった。「憑かれてる」と水谷が言ったのが、「疲れてる」と時子には聞こえて、だから「まーそれはいつもそうだよ」と返事をした。


カーディガンを脱ぎ、ベルトを外して、脱ぐそばからコインロッカーに放りこむ。靴下を右、左と抜きとってから、ズボンを脱ぐ。さっきまで着ていたものが体を離れたとたん、他人のように生あたたかくて気持ちが悪い。シャツのボタンを外しはじめたところで、朝日の裸の上半身が目に飛びこんできた。なるべく体の外がわにあるものから脱いでいく時子とは違って、ズボンも靴下も穿《は》いたまま、頭から順番に脱いでいるのだった。放りだされたおっぱいに時子がひるんでいると、朝日は「なんじゃあ」と笑った。

「太ったたって思った？」

「太ったっていうか、まあ、育つのはよいことじゃない」

一週間もいっしょに暮らすと、軽口を叩くことも増えた。店で向かいあっているときには口元まで水に浸かっているようだった沈黙も、家でばらばらの方向を向いていれば自然に思える。そして、静かに近くにいるだけの時間もまた、一緒になにかをする時間に劣らず、きちんと積み重なっていくものであるようだった。話をしているときより、むしろ親密な時間に思えるぐらいだった。聞きたかったことは結局聞けていないままだったけれど、それでもいいかと思いはじめていた。

「太ったんだよ」

「いーんじゃないの。健康そうで」

幽霊かもしれないけど。

近くに住んで三年以上経つ時子も、銭湯へ来るのははじめてだった。小さな浴室を順番に使うのが急にめんどうに思えて、朝日を誘ったのだ。言い終わるより一瞬早く、なにか身体に見せたくないものがあったら、という考えがひやりと訪れたけれど、朝日は「行こうか?」と答えた。じっさい朝日の身体は、ためらいの片鱗も見せずに存在していた。下着の跡が残っていたり、背中ににきびができていたりして、だから血が赤いのがわかる、と時子は思う。朝日はいよいよ真っ裸になって財布をあけ、あ、百円貸して、というから渡した。金曜の夜だというのに銭湯はにぎわっており、向こうからはドライヤーの音が絶え間なく、しかも重なって鳴りつづけていた。浴場へ向かう途中、いましがた上がってきたらしいおばあさんらが四人、猫背から湯気を立てながら、いっせいにガードルを引きあげるのが見えた。友だちなんだろうか、と時子はぼんやり考える。しわくちゃになっても並んで銭湯に来て、同時にガードル穿く友だちしかも四人、って、どんだけずっと仲良し。いやひょっとして、最近になって偶然仲良くなった四人かもしれない。それはそれですごいな。

時子は小さいときから、前を向いたまま髪を洗うことができない。目に水が入るのがいやなのだ。床のほうへうつむいた状態で髪の毛を全部頭のてっぺんに向けて流し、髪を伝う水や泡がすべて一直線に床に流れるようにすれば、なんとかそれを避けて洗うことができる。それでも、洗っているあいだはぎゅっと目をつむっている。目をつむると、頭の重さと、ごおごお過ぎていく水の音だけが残る。

だからシャンプーを流している最中に朝日がなにか話しかけてきたとき、はじめはほとんど聞きとれなかった。すぐに顔を上げたかったけれど、まだ泡が半分以上残っている。それで髪を洗う手は止めずに、「なにい！」と大きな声で聞きかえす。朝日がまたなにか言う。なにかたずねているように聞こえるけれど、やっぱりよく聞こえない。

「ちょっ、と待って！」

返事をするたび、すかさず首すじから口に向かって泡が流れ込もうとするのも、時子はいやだった。すると、太ももに何かが置かれた。それが朝日の手だと気がつくのもまた、一瞬遅れた。心のなかでもう一度、なに？　と思ったけれど、今度は口には出さなかった。もう少しでシャンプーを流し終わるのがわかっていたし、それに、もう聞いてはいけないような気がした。それで一度朝日の手に自分の手を重ね、ぽんぽん叩いて、またシャワーに戻った。

やっと起き上がって鏡の上に引っかけておいたタオルを手さぐりで探し、顔を拭きおわると、朝日は時子の太ももに手を乗せたまま下のほうを見つめていた。泡が排水溝に向かって流れていくのを目で追っている。

「終わったよ。どしたの？」

聞きながら、時子もつられて泡の流れを見る。ところどころにだれかの髪の毛が浮かんでいて、半球のしゃぼん玉に巻きつくようにしていっしょに流れていく。真ん中の洗い場を使っていたから、排水溝まではあとふたりぶんのスペースを越えていかないといけない。それにしては、遅すぎる。止まっていたシャワーをもう一度出すと、泡も押されて突如いきおいを増し、朝日がちらっと時子のほうを見た。そして、備えつけのボディーソープを手に出し、身体を洗いはじめる。めんくらって、「なに？　コンディショナーしてもいい？」と聞くと、だまってうなずく。ボディーソープを泡立て、胸に広げているあいだ、朝日はじっと前を見ていた。鏡のなかの自分とにらみあっているように見えた。

時子はもう一度うつむいて髪の毛にコンディショナーを延ばしてから、また目をつむって、シャワーのなかに頭をつっ込む。泡がぱちぱちはじける音がしないぶん、コンディショナーはシャンプーよりも静かだ。内心、また朝日がなにか言うような気がして、今度はじっと耳をすましていた。けれど、朝日はなにも言わなかった。目をあけてみると、もう洗い場を離れ、露天風呂へ歩いていく後ろ姿が見えた。朝日の使っていたシャワー台は蛇口が締まりきっていなくて、水がぽたぽたと垂れていた。時子はそれを締めてやり、朝日の背中に向かって明るく開かれるような角度で捨て置かれた椅子も、まっすぐに直してやった。だれかに呼ばれたみたいに立ち上がった朝日の姿が、見てもいないのにはっきり浮かんだ。

露天風呂は温度でふたつに分かれていて、朝日は熱いほうに入っていった。水面いちめんに湯けむりが立っていて、朝日の動きにあわせて一度かき消え、まもなくふたたび覆った。隣に座ると、湯けむりにまぎれてふたりぶんの肢体がゆらゆらゆれる。子どもと若い母親が、顔を真っ赤にして湯船のふちに座り、熱をさましている。息をするたび、鼻から熱気が入ってきた。

「あっついねえ」と朝日が言った。

「こっちあっついほうだよ。あっち行く?」

「ううん。へいき」

何回かうなずくだけで黙っていると、朝日がまた「あっつい」と言う。

「あっついよねえ」

「さっきごめんね」

「え?」

湯に浸かったまま、朝日が肩をぐるっと後ろに回すと、水面が音を立てて動いた。

「さっきってか、ごめんね。ずっと」

朝日はそのまま腰を前へすべらせて、下くちびるがふれるかふれないかというところまで深く沈む。

「いなかったらよかったなっていうことをさ、ずっと思ってきたよねえ」

そのまましゃべるから、朝日がなにか言うたび、吐く息が湯けむりを切って、やわらかなかたちを作った。

「わたしというものは、いなかったらばそっちのほうがよかったな、っていうことをさ。わたしがいるとこには、ほかの人はいれない、時子、いるっていうことは、かかるっていうことだよ」

平均台をひと足ずつ渡っていくみたいにしゃべりながら、朝日はときどき時子のほうを見あげた。そのたび、時子はなにか言おうとしたけれど、いつも次の言葉に間に合わなかった。

「お金もかかる、時間もかかる、世話とかなんか、人の気持ちが、場所が、わたしがいるだけの場所が、絶対ひとりぶんかかるんだ。けど、わたしがいるとじゃまな人、なんて比べたらぜんぜん、甘いぜ、わたしがいるせいで、いちばん困ってるのはわたしじゃん。だからいなかってあげたかった。けどいるね。いるねえ」

「朝日、朝日！」だから、ついに時子がさけんだのは、話をするためでなく、そのあとに続く言葉をかき消すためだった。一瞬、水の上がしずまりかえると、同じ浴槽に浸かっていた人がふたり、立てつづけに内湯へ戻っていった。頬が燃えるように熱かった。

「朝日。わたしもいるよ。いるからね」

そう発声しながら時子の頭のなかに、深夜、幼い朝日の泣き声を聞いたベランダが浮かんでいた。あのころ、くりかえし言った言葉だった。いるよ。いるからね。朝日の顔もまた、まぶたまで真っ赤になっていた。それが熱いせいなのか、泣いているせいなのか、わからなかった。

「ね、帰ろうよ、のぼせちゃうよ。ごはん食べよ。今日も泊まったらいいよ。ずっといたらいいよ」

朝日は浮かされたようにうなずいて、立ち上がった。湯にさらされて血がめぐったせいなのか、肌の上に赤いまだら模様ができていた。岩のふちに足をかけて上る背中を、水滴がするする落ちていった。並んで湯船の外に立ったとき、猫だましみたいに冷たい風が吹いて、朝日が言った。

「来月の終わりまで。長くても、今年の終わりまで。いさせてくれたら、ちゃんと出てくからね」

12/19 さむすぎない？　テストのことはきかないでください！　頭おかしいはおたがい。今日は朝日とラーメンを食べました。定番になりつつある。卵つけるかめっちゃ悩んでつけたけど、べつにつけなくてよかったと思いました。百円……卵のこと悩むたび、百円くらいかんたんに払えるようになりたいと思う。けどお金かせぐってうそっぽいな。しかもこんなに毎日死にたい死にたいって言ってるのにお金かせぎたいってもっとうそっぽい笑、だけど大人になりたいっていうのは別に思うなー。死にたいし、大人にもなりたい。小学生に戻るか、大人になりたい、いまだけいらない。飛ばしたい。もし神さま的なやつがあらわれて、いましんどいから、しんどいところ飛ばして、大人にならせてくださいって頼んだら、おばあちゃんになっちゃったら、めっちゃ怖いね。もうすぐ冬休みー　テスト？　なんですかそれは　時子

そうして冬になった。十一月の終わりをすぎ、十二月半ばになっても、朝日は

時子の部屋に住んでいた。

　はじめ、ベッドの上の段だけを朝日のスペースにしていたのが、しだいに部屋の奥を朝日が、手前を時子が使うようになった。部屋の真ん中に置かれた丸い机も、同じようにそれとなく真ん中で分かれて、奥には朝日の化粧水や読みかけの漫画が、手前に時子のパソコンや大学のプリントが重なっている。時子は細かいことを気にしないように心がけていた。家賃や光熱費は時子が払っていたし、電気代は去年の冬よりかなり上がっていたけれど、朝日にそのことは話さなかった。外で食事をしたり、買ってきたものを食べたりするときのお金は折半だったし、ときどき家で料理をすると、朝日が調味料代まで割ろうとするから笑って、そんなに気にしないでいいよ、と言った。

　合鍵を作ったおかげで、朝日は時子がいない間も外出できるようになった。それでときどき、駅前に出た催事のクリームパンや小さなおまんじゅうを、時子のぶんまで買ってきてくれたりする。掃除や洗濯も三回に一回は朝日にまかせた。それで、ひとまずはいいことにしていた。朝日の持っているお金がどこからあらわれているのか気にならないわけではなかったけれど、それを聞くとなるともっといろいろなことから聞かないとならない気がして、ふれずにいた。怖いとか気まずいというより、おっくうだった。朝日がひとり増えてもそんなに困ることはなかったし、ひと月以上もいさせてしまうと、今日でないといけないことはひとつもなかった。それより、今日のごはんやお風呂をどうするのかということのほうが重要だった。それだけがふたりが相談して決めることだった。朝日はあれから銭湯を気に入って、玄関の靴箱の上には回数券がストックしてある。銭湯へ行く日にはふたりタオルと化粧水の入ったかごを抱え、回数券を一枚ずつちぎって、あとは手ぶらで夜の道を出かけていくのだった。

その日は内定者研修だった。同期九人のチーム・ビルディングを行うといって、三人ずつのチームに分かれ、A4のコピー用紙三十枚をできるだけ高く積み上げるようにと指示された。同じチームになったのは男性ふたりで、ひとりは饒舌、ひとりは無口だった。饒舌に言われるまま紙を三角柱に折り、台座を作る。就職活動は終わったはずなのに、身体にはまだ値踏みされる肌ざわりが残っていて、つい肩に力が入る。しゃべっていてもそわそわするし、なにも言わないのも居心地が悪い。無口が淡々と紙を折っているからなおさら、できた部品まとめとくね、とか、ずっと三本で積んでいくんじゃなくて、下は太く、上は細くしていったほうがいいんじゃない、とか、ときどき口を挟んだ。時子がなにか言うと饒舌が手を叩いて賞賛し、そのたびに紙のタワーが風でゆれて、ひゅっと息が詰まった。下から、六本、五本、四本、三本と来て、さあいよいよラストスパート、というところで、タワーのてっぺんを見上げると、ふと天井が目に入った。ちょうど時子たちのタワーの頂点が指す位置に、火災報知器らしき機材が嵌《は》まっている。あっ。最初から、紙を細く割いて、あそこに頂点をなんとか引っかけてみたらよかったかもしれない。タワーに時間を割いたからもう試せないだろうけど、いやでも天井にふれてはいけないとは言われていない、天井から床まで糸のように紙を垂らし、それをタワーだと言いはることができたら、この部屋でできる最大限の高さを叩き出せる……それから、時子はすっかり垂れてくる糸状のタワーのビジョンにとらわれていたけれど、三角柱のタワーは無口の意外ながんばりによって無事完成し、時子のチームが優勝した。饒舌がリーダーとして前に立ち、「メンバーのアイデアとサポートのおかげです」とスピーチした。そのときも、時子は紙の先端をうまくひねり、より頑丈に火災報知器に引っかけるにはどうしたらいいか、ということで頭がいっぱいだった。帰ったら朝日に聞いてみようと思った。そうだ、うちにも似たような火災報知器があった。朝日に二段ベッドに上ってもらって、そこから手を伸ばせば。紙なら前期のいらないレジュメがどこかにあるはず。

けれど帰ってくると、朝日の姿はなかった。代わりに、いつも朝日のいる机の前に、バーバパパがいた。バーバパパがいる！　と思って見なおすと、それはピンク色のビーズクッションだった。机の幅を大きくはみだし、そんなに広くない時子の部屋で、いちばん奥にあるクローゼットへの通り道を完全にふさいでいた。床にはクローゼットに入りきらない朝日の服が積まれはじめていたから、なおさらだった。

「おかえり」

急に頭上から声がして見ると、朝日が二段ベッドから顔を出していた。

「びっくりした。いないのかと思った」

「今日はどこも行ってないよ」

「じゃ、これ、どうしたの」

クッションを指差す。朝日はくちびるをちょっとさわった。

「わたしもね。思ったよりでかいなと思ったんだけど、とりあえず置いてみた」

「どこで買ったの？」

「ネットで、代引きできたから」

朝日はときどき、時子のパソコンでインターネットを見るようになっていた。非常用の連絡手段にとフリーメールアドレスを取得してみたものの、ひとりでいるときに送れないと意味がない。それでロック解除のパスワードも教えたのだ。

「いやでかいよ。わたし最初見てバーバパパいると思ったもん」

時子としては苦言のつもりだったが、朝日は「バーバパパ」と指差して笑った。

「似てる。サイズもそうだけど、こんなピンクとも思ってなかったんだよ。いやごめん、ほんとごめん、でもちゃんと使うよ。ほら。机いるとき時子の座椅子借りっぱなしで、時子は枕とか床とかに座ってたから、返さなきゃなあと思ってたんだよ。だからはい、それ返すから、わたしはバーバパパに座るから。ね。便利だって」

それ、と指差した先を見ると、バーバパパは座椅子に座るかたちで収まっているのだった。頭のように見える先端の尖ったところをつかんで持ち上げ、下から座椅子を引き出す。実家から持ってきたもので、カバーのあちこちにコーヒーのしみや毛玉がついている。言われるまま座椅子を時子の席に置くと、部屋はいっそう狭くなったように見えた。

「まあ、いっか」と時子は言った。朝日とふたたび会ってから、心のなかで何回も唱えてきた言葉だったが、声に出して言ったのははじめてだった。朝日はベッドから降りてきて、媚《こ》びるようにビーズクッションに座ってみせた。「いい感じだよ、ほら」と言って、朝日が沈みこんだぶんさらに膨らんだバーバパパの横腹を、手のひらでさすった。時子はちらっと、天井の火災報知器を見た。研修会場のものとは形状が違って、引っかけられそうだと思っていた小さな穴がない。それでもう、紙のタワーのこと、その最高値のことを朝日に相談する気は、てんで削げてしまった。

それから、朝日はビーズクッションに座っていることが多くなった。時子が帰ってくると、クッションでなにか読むか、パソコンを開くか、もしくはギターを弾くかしている。ギターも時子のもので、はじめに弾き方を教えたのも時子だった。サークルで使っていたものだったけれど、四年生になってからはほとんどケースに入れたままになっていた。朝日がそれを目ざとく見つけ、「ギター弾けるの！」と驚いたから、気をよくして何曲か弾いて聞かせた。すると自分も弾いてみたいと言う。だから楽譜を出してきて、簡単なコード進行だけで弾ける曲を教えた。サークルの先輩からはじめに習った曲だった。手本を見せるために弾きながら口ずさむと、朝日も笑い交じりで声をあわせて歌った。すると時子はだんだん手元を見せるのを忘れ、わざとゆっくりにしていたテンポも元に戻って、朝日の歌の伴奏に徹した。朝日の歌う声は、話す声とあまり変わらない。音が上がるところでも、くすくす笑いのように自然な高い声が出る。それが、ふしぎに心地よかった。

時子がいない間に練習しているのか、朝日は少しずつギターがうまくなっていった。はじめは苦戦していたFのコードも、このごろはなんとか和音らしい音が鳴る。けれどギターを弾いているところに時子が帰ってくると朝日はほほえみ、時子にギターを差し出して、なにか弾いてくれるようにせがむ。時子は高校生のときに聴いていた曲ばかり弾いた。朝日がいない間にあらわれたアーティストの曲も聴いてはいたけれど、名前を出したらいけない気がした。そうして朝日は、流行りの過ぎた歌をのびのびと歌った。

年末が近づいていた。沈むようにビーズクッションにもたれる朝日がときどき、知らない人に見えた。髪はもともと高校生のときよりも伸びていたし、この二ヶ月あまりでさらに伸びた。顎のまわりもふっくらしている。冬の気候のせいか、化粧をしていないせいか、丘のような頬がいつも赤く火照っている。なにも言わずにいると、いま自分の部屋にいるこの人がだれなのか、わからなくなりそうだった。あと何週間かしたら、この朝日は出ていってしまう。そう思うと楽になる気もしたし、おそろしい気もした。出ていったとして、朝日はどうするつもりなんだろう。どこか行くあてがあるんだろうか。ひょっとして、今度はまた別の人の家に暮らすんだろうか。あてのない考えが立ち込めてくるたび、時子は振りきるように「お風呂行こっか」と声をかけた。「うん」とうなずく瞬間には、朝日はなつかしい朝日の表情に戻るのだった。

年末になると、時子はいつも気がふさぐ。実家までは在来線で一時間半ほどだが、帰省するのはめんどうだった。なにより年末が来れば、朝日の死を思い出してしまう。自分でもおかしいと思う、だって今年だけは違うはずだ、なんたって朝日はここにいるのだから。しかしそのいまでもカレンダーに12の数字を見ると、やはり胸のあたりがさあっとざわつくのだった。時子の胸はわずかに欠けている。少し左に寄った真ん中のところが、スプーンでひと口食べたプリンの表面みたいにえぐれている。朝日が死んだときに欠けて、それからずっと同じ形のままだ。さわってもわからないし人にも見えないけれど、しかし事実、時子の胸は風のかたちを丸く感じる。それだけならいいけれど、ときどき焼印を押されるように同じかたちに痛むのには、いつまでも慣れなかった。

その胸が、朝日と住みはじめてからもふさがらないことが、時子をひそかに動揺させていた。痛むとき胸は、朝日に会いたいと訴えているとばかり思っていた。けれど朝日が目の前でおかきを食べているようなときでさえ、変わらず不随意に燃えたり、冷えたりする。時子はぎゅっと目をつむって耐える。毎年、年末にいちばんひどくなる。

それぞれ布団に入ったものの、寝つけなくてインターネットを見ていたら、年末に放送される特番の広告が流れてきた。そうするともう胸はじくじくと焼けはじめ、呼吸が浅くなってくる。時子は横になったまま枕元に手を伸ばして、乱暴にさぐる。しかしふっと手を止め、ベッドの上で起き上がった。

「朝日?」

ささやくと、頭上から「なに?」と聞こえた。起きている。時子は布団を抜けだし、内がわから巻きつくようにベッドのはしごに足をかけた。上の段にたどり着くと、朝日は横になったまま、すでにこちらを向いていた。

「どしたの?」

「あの、あのね」

話している途中にも息は詰まり、熱が胸から額まで上がってくるような気がした。ふたたびあの巨大なスプーンがやってきて、時子の胸を薄く削いでいく。焼肉屋で出てくるようなひらひらした肉が、はしごの隙間を抜けて、布団にぼたっと落ちる。

「あの、意味わかんないと思うんだけど、胸を、さわって、みてほしいんですけど……」

朝日は身体を起こしかけたけれど、すぐふたたび横になった。そして、上になっているほうの手を時子に向かって伸ばした。

「どこ？　どうしたらいいの」

電気を消したあとの部屋で朝日の手は白く、この上なく冷えて見えた。手をとって服の上から胸にあててみるけれど、まるで効かない。心拍が、沸きたつ毒のような血液を、全身に送ろうとしている。時子はゆっくりと朝日の手を襟元にすべらせ、自分の肌にふれさせた。わずかに呼吸が通った気がした瞬間、陶器人形のようだった手が、突然意思を取りもどした。そしてすばやく時子の胸元へ潜りこみ、左のおっぱいをやさしくつかんだ。とたんに、部屋には時子と白い手だけになって、朝日の顔は陰にかくれ、まるで見えなくなった。手はおっぱいを揉みつづける。はしごをつかむ力がふっと抜けるのと同時に、時子は朝日の手がひどく熱いことに気がついた。熱いあまりに、冷たいと錯覚したのだ、と、すごい速さで合点がいった。悲鳴をあげて身をしりぞけ、はしごを降りる。ベッドにもぐるとき、空中に投げ出されたままの手が一瞬、目に入った。時子は枕元の棚から、手のひらほどの丸い石を取りだした。胸の痛みがどうしようもなくなったとき、いつもおこなう処置だった。石を押しあてると、それは寸分違わぬ大きさでえぐれたところにすっぽり嵌まって、いつも通りに熱は凪《な》いでいった。正座し、背中を丸くして、石を両手でさわっていると、今しがた自分のしたことが、なにもかも間違いだったように思えてきた。「ごめん」とつぶやくと、上から「大丈夫だよ」と声がした。

くしゃくしゃに眠って目が覚めたら、帰省を取りやめてもいい気持ちになっていた。ここが重要な局面だ、と思った。年末年始をなるべく安全に、少ない痛みで過ごさないといけない。それに、朝日を連れていくわけにも、残していくわけにもいかない。十二月末で朝日をきちんと見送って、そのあとのひとりを静かに過ごすのがいい。久しぶりに家でひとりきりの時間を楽しめると思ったら、時子はいっそわくわくしてきた。死んでいる朝日のことも、生きている朝日のことも忘れて過ごしてみよう。そんなことが自分にできるだろうか。いや、できるはず。やってみせる。かならずできる。新しい年になる。

電話口の母親はあれこれ文句を言っていたけれど、最後には納得した。三月には戻るんだから、というのが、時子の主な武器だった。四月に入社する会社は実家からのほうがアクセスがいい。大学を卒業したら、三月のうちに実家に引越しをする運びになっていた。だからほら、引越しの準備もしなきゃだし、卒論もあるし、もう会えなくなる後輩とかもいるし、まあいろいろあるんだよ。よけいに話を混乱させると思って、朝日のことは話さなかった。半分方便ではあったものの、電話を切ってしばらく時子は部屋を見渡して、実際に引越しの準備をすることについて考えた。あらためて見ると、思いのほか朝日のものが増えている。ビーズクッションを取り囲むように、ヘアバンドやイヤホンや下着が散らばっている。そういえば、朝日に引越しのことを伝えていない。トイレから出てきた朝日に「あのさあ」と軽く切りだすと、朝日は手を拭きながら、「電話、お母さん？なつかしい」と言った。

「お母さんだよ。内容聞いてた？」

「半分くらい。お正月帰んないのは聞いてた」

「朝日はさ。お正月どうすんの」

自分でも遠回しな聞きかただと思った。

「えー？　どうしようかなあ。考えてないや」

「お正月っていうか、いや、聞かないと、とは思ってたんだよね。どうすんの、っていうのは」

歯切れの悪さになにか感じとったのか、朝日はちょっと座る位置を整える。

「うーん。どうしよ」

「いや、いま電話で言ってたから聞こえたかもしれないけど、わたしもこの部屋三月まで実家戻っちゃうから。就職だし。どうするんだろと思って」

「マジかあ、ごめんそれなのに」

「いやぜんぜん、それはいいんだけど」と言いながら、この場合なにが「それ」で、なにが「それ」ではないのだろう、と時子は思う。話しながら自分の言葉を批評しはじめると、輪唱みたいに一歩ずつ遅れて、言葉と考えが嚙み合わなくなってくる。

「朝日はさ、なんで」

だからそこまで言って、その先になにを続けたかったのかわからなくなってしまう。聞きたいことがないわけではない、むしろありすぎるくらいだった。なんで、十二月末って言ったの。なんで最初に電話くれたの。なんでそこにいるの。時子がむずかしい顔で黙りこんでいるあいだ、朝日はほほえみさえ浮かべて続きを待っていた。わずかに首をかしげたままほとんど動かず、スローモーションで二回、まばたきをした。時子がようやく、「なんで、うちにいるの？」と発語すると、うなずいた。

「居ごこちいいからかなあ」

時子は、笑いだしたくなった。自分ひとりであれこれ悩んでいたことが、ばかみたいに思われた。時子の知るかぎり、ついぞ居ごこちのいい場所に巡りあえたことのなかった朝日だ。そのあとも一応の話しあいは続いたけれど、言葉はほとんど意味をなさなかった。つまりふたりは、こっくりさんの十円玉が全員が思ったほうへ動きだすように、それでいて全員が自分が動かしたのではないと思い込むように、遠回りでひとつの結論へ向かっていった。すなわち、朝日は三月の終わりまでここに住む。そして時子が実家に戻るタイミングで、ほかの家へ移り住む。それまでは、ここで変わらず暮らしつづける。なんてスマートな答え。住める家を探すというから、時子も手伝おうと思った。やれることはなんでもしてやりたいような気構えが訪れていた。

12/15 今日は学校やすみ　家にいると頭おかしくなると思って図書館行こうと思ったら図書館も休みで、頭は完全におかしくなりました。ぱらぱら。ので道で書いてます。まじだぜ。ので文字ガタガタしてるけどゆるしてー。道で座ってると、自分でかわいそうな気もしてくるけど、でも前言ってたけど、みんな、かわいそうな自分が好きだよね。それが自分でわかってるのが、一番健康な感じする。だから全然大丈夫です。今日もしや元気？　あはは　頭おかしい日は、げんき！　けど時子のおかげだよ。あ。元気なのが時子のおかげって意味です。頭おかしいのが、時子のおかげっていみじゃないです……？　意味かも。いい意味。あしたテスト返却日なのですか、おわった　朝日

朝日が死んだ日。それは大晦日で、大貫千里のメールが届いた一月七日で、それを読んだ一月八日で、それから始業式の一月九日で、名簿から名前の消えたのが二月二日で、その全部であって、どれでもなかった。年が明けようとするとき時子が考えるのは、一月十四日のことだ。その日、時子はひとりで知らない電車

に乗っていた。イヤホンを深く挿し込んで、聞き慣れた曲ばかりのプレイリストを聴いていた。乗り換えるたびに電車は小さくなり、空いていった。最後に乗った電車はおもちゃみたいに赤くて、乗客は時子だけだった。朝早くに出たのに、駅に着いたときにはもうお昼すぎだった。お腹がすいていた。けれど、そこからさらに歩かないといけなかった。海のにおいがする。そのころの携帯電話はまだ回線も遅く、充電も長くもたない。駅でもらった地図をくるくる回しながら時子は歩いた。年が明けてからまだ一度も泣いていなかった。

海が見えたときには、両足の小指とかかとが靴ずれを起こしていた。暗くしめった砂と岩、あとは無数の石が転がるばかりの海べだった。岩の上に鳥居が立っているのが見えた。十人ほどのまばらな人影があり、みんな手にひとつずつ石を持っていた。大きな石、小さな石、薄い石、丸い石。時子はその人たちの顔をゆっくり、何度も見比べたけれど、その中に朝日はいなかった。次に鳥居を見つめた。鳥居の四角の中に、少し前まで朝日がいたのだと思った。自分がそれに遅れて、今こうしているのだと思った。そうしてもう決して取り返しのつかないことを、時子ははっきり了解した。

そのとき、古い塑像が風にくずれるように、胸の肉がほたほたっと地面へこぼれた。たまらずさけぶと、石を持った人たちがいっせいに時子を向いた。誰の眼にも丸い石が嵌めこんであった。とっさに背中を向け、足元をさぐったけれど、落ちているのは石ばかりで、肉も、骨も見つからない。けれどもそのうちのひとつの石に指がふれると、それだった。石はなめらかで、楕円の一箇所だけが細く尖っている。聖母、と思った。学校の聖堂にある、無原罪の聖母像と同じかたちだ。たっぷりの布を着て、手のひら二枚をこちらに向けて手を下ろした、白い聖母像。裾をめくって服のなかに抱き、胸に嵌めると、ぴったりだった。

　帰ってきたときには門限をとっくに過ぎ、玄関は暗く、母親は泣いていた。

「あんたは、あんたは、朝日ちゃんじゃないんだからね。あんたもそりゃつらいだろうけど、それはわかるけど、わたしたちはね、あんたしかいないんだからね。お願いへんなこと考えないで、ね、よく、帰ってきたね」

　時子は身体をゆさぶられながら、石が入った重たいリュックを降ろすことについて考えていた。

　一月十四日の朝、目を覚ますと朝日はすでに起きたあとで、窓の外を見ていた。表情の見えない人というのは、そこに確かにいるにもかかわらず、いない人とわずかに似る。声をかけようと思ってやめた。毎年一月十四日には石を坐らせ、手をあわせることにしていた。少し悩んで、それもやめた。年始がそんなふうにすぎ、二月になっても、朝日の家は見つからなかった。時子がどんな物件を見つけてきても、なぜか話が止まってしまう。一度だけふたりで不動産屋に相談に行き、条件のあう部屋があれば連絡をもらえる運びになったけれど、朝日がうその名前と電話番号を書類に書いたから、当然もう連絡は来なかった。帰ってきてからさすがに問いただそうとすると、朝日は机の上に、両手でなにか差し出した。手を離すと、それは一万円札だった。

「ほんと、ごめん。これ、ぜんぜん、足りないと思うけど」

押し問答のすえ、時子は一万円を受けとった。受けとってなお、強烈な違和感が残っていた。なにをやりとりしているのかよくわからない。なにか労働の対価としても、必要経費としても、お詫びとしてもしっくりこない。実際一万円というのは、一ヶ月分の光熱費にも満たないくらいの値段だった。けれど、三月に入ったときも、大学を卒業したときも、ふたりで引越しの支度をしているときも、一万円もらったからな、と時子は思った。

母親が電話に出るのを待っているあいだも、そうだった。呼出音を聞きながら、話さないといけないことを頭のなかで組み立てているだけで、コピー機みたいにため息が出た。朝日が頭を下げたのは、昨日の夜がはじめてだった。いままで言えなかったけれど、ひとりで暮らすのが怖いこと。住所も電話番号もクレジットカードもないせいで、どこから手をつけていいのかわからないこと。時子に心から感謝していること。立ち退きは来週に迫っていた。顔を起こすと朝日は泣いていて、すると時子の目からも涙が出てくる。まぶしいと目を、すっぱいと口もとを細めるような、強すぎるものにあたったときの反射に近かった。ぽつぽつと話して最後に、朝日は言った。

「ちょっとだけ、ほんとにもうちょっとだけでいいから、一緒に住ませてくれないですか」

　腫れたような目のふちも敬語も、くずれた前髪もみじめで、時子はめまいがした。

「気持ちとしてはぜんぜんいいよ、いいんだけど、もう契約切れちゃうんだってば。就職するし。こんな暇じゃなくなるし、だいたい実家に戻るんだって」

「そうだよね。そうなんだよね」

「ほんとごめん、力になりたいけど、ずっと一緒に住みたいくらいだったけど、一応、何日か泊まるくらいだったら、うちの実家に相談してみてもいいけど、でも」

難しいと思うんだ、と言いかけたのをさえぎって、朝日が「えっ！」と声をあげた。

「ほんと？」

そうしたらもう、うなずかざるをえなかった。ところが時子の懸念に反して、母は「連れてきなさい」と即答した。

「朝日ちゃん、あの朝日ちゃんでしょ。困ってるんでしょ。連れてきなさいよ。あんた、なにを迷うことがあるの。すごいことだよ、友だちが無事で、ねえ、ちゃんと生きてて、またあんたに連絡くれたんでしょ。力になんなきゃだめだよ。もっと早く相談してくれたらよかったのに。朝日ちゃん。無事だったんだね。よかったね。よかったねえ」

引越しはスムーズだった。もともとそこまでものの多い部屋ではない。家具や段ボール箱は手ぎわよく運び出され、部屋はかばん一つずつを残して空っぽになった。トラックを見送り、駅前でお昼ごはんを食べて、電車に乗る。土曜の午後の車内は空いている。ふたり並んで座っていると、朝日が「引越し屋さんってはじめてかも」と言った。違うでしょ、とあやうく突っ込みかけて止まる、確かにそうか、朝日は死んでいたから、いや、でも、それはそれで、おかしくないか。朝日は上きげんで、時子が答えられずにいても気にならないみたいだった。

「すごかったね。てか時子がすごいよ。えらいよ。就職するんだもんね」

「いや、まあ、みんな、するし」と答えてから、しまったと思った。

「そっか。そうだよね。ごめん。わたし」

このごろ、朝日が塞ぎこむことが増えていた。だいたいは小さなきっかけで、なにもせずにいる自分の存在を強く意識してしまうと、もうだめだった。目が泳ぎはじめ、ほほえみが消えて、時子に謝りだす。時子は謝られるよりも、平気でいてもらうほうがよかった。気にしていなかったことでも謝られたとたん、自分がよほどの迷惑をかけられている気分がしてくる。そして、自分で自分のそういう狭量さがいやだった。

「そんなつもりじゃないよ。わかるでしょ。朝日は、いいんだよ、まだ大変じゃん、いろいろ」

「ほんとにごめんって思ってる。お母さんお父さんにもちゃんとわたしから謝るからね」

「いいって。すぐ来なさいって、よかったって言ってたよ」

「ごめん。わたし。就職できなくて」

時子は朝日の肩をさわり、軽く左右にゆらした。

「いーって。あなたはね、生きてるだけでいいんだよ。あなたが生きてるっていうのはね、わたしがずっと、ずっとね、ほんとにすごいことだよ、わたしにとって……」

電車が大きな駅に停まって、いっぺんに乗客が乗り込んできた。隣にほかの客が座るのにあわせて、朝日がわずかに、時子に身を寄せた。

12/12 ひさびさです。なぜならテストがあったから。日本史なくなってほしい。いまからでも書いたテストがなくなってほしいぬ。今年おわるー。矢印のとこ、ちゃんと読みました。（↑グロとかホラーいけるタイプ）こんなこと書いていいのかわかんないけど、朝日のお母さんのこと、めっちゃ嫌いになってしまうよ……まず子どもにそんなこと話す？　て感じだよね。なんかさ、大人になってからでもいいから、いつか一緒に行こうよ。朝日が飛びこまないようにちゃんとつかんでてあげて、大丈夫って言ってあげる。てかふつうに、いろんなとこ行こうよ。ほかにもできることあったら言ってね。なんでもするから

ね。まかせろー！　ときこ

2

バイブレーションが鳴って、時子は携帯電話を取り出した。朝日が帰ってきてから、時子は着信を無視しなくなった。幽霊振動そのものもはたっと止んだし、それ以上に時子が空振りをおそれなくなったからかもしれない。それではじめて、自分はずっと死んだ朝日からの連絡を待ちつづけていたのだ、と気がついた。そう思うと、あのとき夜道で非通知の電話を受けられたことにも、なにか運命的なものさえ感じた。

新着メッセージをひらくと、その朝日から送られた写真だった。鶏のトマト煮込みとシーザーサラダが並ぶ食卓のようすとともに、「ごはんです。こっちは大丈夫です。お母さんやさしいです。ときこもがんばれ」と書いてあった。泊まりがけで来た研修の夜で、隣に同じ部屋の同期がいたから、笑顔の顔文字だけ返してすぐに閉じた。研修はあいさつの練習やゲームみたいな自己紹介からはじまって、最後は数時間にわたって研修所の草むしりをさせられ、もうへとへとだった。食堂でごはんを食べたはずなのに、お腹が空いていた。

朝日は思っていたよりもはるかに実家になじんでいた。開口一番で母は「ふたりの部屋空けておいたからね」と言い、朝日は何度もお礼を言った。そこへトラックでやってきた二段ベッドや机や戸棚が運び込まれた。ひとり暮らしの部屋よりも広く、全部置いてもまだスペースが余った。バーバパパがかわいく見えて、時子はほっとした。はじめの晩はごちそうだった。両親はどちらも料理好きで、テーブルにずらっと洋食を並べ、それぞれが自分の手がけた品をじまんした。さぞ、夫婦ふたりの食卓に飽きていたのだろうな、と想像すると、その飢えのようなエネルギーがうとましい気がした。けれど、朝日が野菜から肉までつるりと平らげていくのを見ていると、これはこれでいいように思えた。

夜には変わらず、時子が下で、朝日が上で眠った。朝日がまだ眠っているうちに、時子は会社に出かけなければいけなかった。帰ってくると、朝日は母とふたりで夕食を作ったり、複雑なぬり絵をしたり、ドラマの録画を見たりしていた。昼間、市民プールに行ったり、スコーンを焼いたりしていたと聞かされた日もあった。スコーンをかじりながら、時子はなによりもふたりの意気投合ぶりにびっくりしていた。「そんなにお母さんに付きあわなくてもいいからね」と言っても、朝日はいいの、いいの、とほほえんだ。

「わたしはお母さん、嫌いだったから。うれしい。よくしてくれて」

実際、朝日は目に見えて元気になっていた。自分を責めることも減ったし、ぼんやり外を見つめることもなくなった。父の使わなくなったタブレットを譲りうけて、メールのほかにメッセージアプリも使えるようになった。昼間、たまにメッセージを送ってきたけれど、どれも他愛ないことばかりだった。反対にこのごろ、時子はいつもくたびれていた。入社してから三週間経っていた。引越して近くなったとはいえ、慣れない満員電車はつらかったし、仕事は新しく覚えることばかりだった。なによりも退屈だった。勤務時間はもっぱら、並んで机につく人たちのちょうど首の高さを横切る巨大なチェーンソーのことを、飲み会ではもっぱら窓を割ってなだれこむゾンビのことを考えていた。

宿泊研修から帰ってくると、朝日はいなかった。友だちと飲みに行ったらしいよ、と母が言うから、はじめは聞きまちがいかと思った。

「誰が？　なんで？　朝日が？」

「うん。あんたのサークルの知りあいって言ってたけど」

それで、寒気のように思い当たった。たしかに一度だけ、朝日をギターサークルに連れていったことがあった。追いコン、つまり卒業する四年生のための最後の飲み会で、時子もライブをすることになっていた。家で練習をしていたら朝日が本番を見に行きたいと言い出したのだった。ライブといっても、会場は平台のステージがあるだけのふつうの居酒屋だった。朝日ははじめ、隅の席で大人しくしていた。けれど、水谷が気を遣って話しかけてからは、みんなおもしろがって朝日をもてなしはじめた。お互いに発表しあうばかりの小さなサークルで、外から来たお客さんがいるのがめずらしいらしい。水谷は自分がきっかけになったのを気にして、「朝日さん大丈夫かな」と心配していたけれど、「大丈夫でしょ」と答えた。ちょうど朝日が元気をなくしていたころで、いいかもしれない、と思っていた。自分以外の人と話すことが、朝日の調子になにかよい影響を与えるかもしれない。水谷は、「ま、あんだけいろいろ食べてるし、幽霊じゃないもんね」と笑った。

そして確かにその帰り、朝日が「ひとり、連絡先教えてくれっていうから、メール教えちゃったよ。大丈夫かな」と言っていた気がする。それでそのときも、「大丈夫じゃない?」と答えたような気がする。大丈夫、だっただろうか。時刻は九時を回っている。

しかしそのあとに母が「昨日、朝日ちゃんいろいろ話してくれたよ。ほんとに大変だったんだね」と言ったから、もうそれどころではなくなってしまった。

「なに、なに、なに、いろいろって。なんか余計なこと聞いたんでしょ」

「聞いてないよ。五年間どうしてたの、って言っただけ」

「それが、それが余計じゃん、うそでしょ」

「なに、あんた聞いてないの？　ふつう聞くでしょ」

「聞かないでしょ、ふつう、怖くて、聞けないでしょ、他人のことをそんなに！」

自分が母のこういう部分を信頼していなかったことを、時子は猛烈に思い出した。泊まりで朝日を置いていくのははじめてだったから心配していたけれど、昨日の写真とメッセージで安心していたのに。そして、自分はここまで数ヶ月、朝日とふたりで暮らしながら、こんなにたずねたいことをこらえてきたのに。朝日がひどくショックを受けて、それで飲みに出かけたのだったらどうしよう。

けれども同時に、好奇心がふつふつと湧いてきてもいた。

「なんて言ってた？　この五年、なんだって？」

「お母さんが亡くなったから急に引越しすることになって、親戚に預けられたり、でもだめで施設に入ったり、あちこち転々としてたんだって。けどお金の問題？かなんかでそこも追い出されちゃったから、困って時子に連絡したんだって。ほんとに感謝してるって。見捨てないでくれてうれしかったって」

白い布が一枚ずつ剝がされていくように、いろいろな年齢の朝日の姿が、時子の頭のなかに浮かんだ。なんだ、と思った。ため息と一緒に、なにか重いものが、身体の外へ抜けていった。けれど同時に、がっかりしたような、いらだつようなに感触があった。ゆたかにからまりあう布のかたまりだと思っていたものがきれいにほどかれ、畳まれてしまって、中には安物のお菓子かなにか入っているだけだったような、つまりはそうだ、軽すぎる。

そのとき思い出したのは、不動産屋の窓口に座る朝日のことだった。時子が凝視しているのもかまわず、ゆうゆうと聞いたこともない名前を名乗る横顔。朝日という人は、こんなことでは明らかにならない。まだなにか底知れない、翳《かげ》った部分を持っているのだ、と思った。それから、母の顔を見た。離れて暮らすうち白髪が増えている。善良な母。よくよく考えてみれば非常識なほど、朝日にやさしい母。もしあんなふうに朝日が語ったなら、あのまだ若い不動産屋と同じに、かんたんに騙されてしまうだろう。だいたい母にとって、それが真実かどうかはどうでもいいことであるに違いない。母にとって良好な関係を築くとは、真実かどうかにかかわらず、相手の話をなるべくたくさん聞き出すことなのだった。考えてみれば、朝日がお金に困っているようすはない。いつもどこからともなくお金を出してきて、悠々としている。本当にお金の問題で施設を出たのなら、突然ビーズクッションなんて買えるはずない。そう思うと、時子はかえって安心した。

部屋で待っているとまもなく朝日が帰ってきて、元気そうだった。「誰と飲んでたの?」とたずねると、「ハタくん」と答える。ハタ。確か二つ下の後輩で、名前は聞きおぼえがあるけれど、すぐに顔が浮かんでこない。

「どういうこと、なんでハタ?」

「メール交換したよって言ったじゃん。ライブ行ったときだよ」

「ハタが誘ったの?」

「うん、まあ、メールしてた流れで」

「ええ、そっか」

ずっといやな心地がしている。時子が早々にサークルに顔を出さなくなったのは飽き性もあったけれど、おしゃべりが肌にあわなかったからでもある。だれか個人の人柄が、というより、おおぜい集まったときのテンポや笑いどころがあわない。せいぜいたまに水谷と会うくらいで、その水谷もサークルの中心にはいなかった。自分だけ浸透圧の違うようなあの感じが、肌によみがえっている。

「楽しかった？」

朝日はコートをハンガーにかけながらうなずいた。

それからときどき、会話の端々にハタの名前が出てくるようになった。時子が仕事に行っているあいだにお茶をしたり、ギターを習ったりしているらしい。確かに、朝日のギターは上達していた。このごろは時子も知らない最近のアーティストの曲を練習している。ハタの話を聞くたび、大学時代のぽっかり空いた昼間のことを思い出して、時子は猛烈になつかしくなった。かつてあんなに持て余していた時間が、いまは朝早くに電車に乗ってから夜までぺたっと仕事に塗りつぶされて、隙間もない。ハタの名前は両親にも知れわたって、母が「時子も友だちなんでしょ。ひとり暮らしなんでしょ。いつでもごはん食べに連れていらっしゃい」と言うから、ぞっとした。その突飛な提案に、というより、「友だち」という語の野放図な広がりに。

五月も終わりにさしかかると、朝日はアルバイトをはじめた。時子が部署の先輩とともに営業先を回るようになったころだった。先輩は寡黙で、ふたりきりで車に乗っているあいだ、時間がぬるぬる延びていく気がした。

アルバイトを勧めたのは母で、母の知りあいが経営している喫茶店の手伝いをするという。それはつまり、朝日が当面はこの家で暮らしつづけることを暗に肯定するようなものだった。少なくとも時子にはそう思えた。けれど当の朝日は夕食の席で何度もお礼を言ったあと、「これで、いつまでもお世話にならないですむと思います」と言った。

「そんなまじめにならなくてもいいですよ」と返事をしたのは父で、彼もまた、朝日が家にいることをよしとしているようだった。父はよく、いかにして他人の権利を侵害せずに生きるか、ということを口にする。だから人の話はなるべく聞き、頼まれたこともなるべく引き受けるべきだ、と。そして、誰かとともに安心して暮らせる場所もまた保障されるべき権利であるというのが、彼の持論だった。

朝日の時給を母から聞いて、時子はいくらか気が楽になった。言うとおりに週三回働けば、新入社員の時子の三分の一ほどの月収になるだろう。このまま暮らしつづけるとしても、いつか出ていくとしても、お金があるに越したことはない。

朝日がまた一万円札を、今度は母親に、差し出すところを想像した。そういえばあれから一回もお金をもらっていない。つぎは、月にいくら、というような、建設的な話にするのがいいかもしれない、と考える。そっちのほうがお互いにすっきりするかも、いや、今度こそ断ってみようか。そうだ、それがいい。父や母も味方するだろう。そうだ、それがいちばん。

けれどもお金を渡すどころか、六月に入って間もなく、朝日はアルバイトをやめてしまった。常連の客にしつこく話しかけられるようになってから、朝どうしても起き出せなくなったと言う。それならと夕方のシフトに変えてもらったけれど、それでもだめだった。家を出ようとすると体が固まって、動けなくなってしまう。わずか二週間の勤務だった。早くやめたぶんかえって迷惑にもならなかったよ、と母はほがらかだった。時子は朝日がまた塞ぎこむのではないかと心配したけれど、それも杞憂に終わった。むしろふてぶてしくなったように見えた。帰ってきてもリビングのソファで横になり、イヤホンをつけていることが増えた。タブレットで動画を見たり、音楽を聴いたりしている。

そのころになると、時子も実家に朝日がいることに慣れはじめていた。違和感が麻痺してきたというほうが近いかもしれない。小さいころからこうやってふたりで育った気さえしてきていた。1DKで暮らしていたころは朝日の服が増える一方だったけれど、それもなくなった。代わりに時子の服を着るようになった。ときどき四人でショッピングモールに行ったし、外食もした。帰ってくると、母とドラマの話で盛り上がっていることもあったし、父とふたりでゲームをしていることもあった。どれもなんら特別でない、取るに足らない風景にも見えた。

夜、時子が部屋で音楽を聴いていると、朝日が入ってきた。時子だけが部屋にいて朝日はリビングにいる、というのも、もはやよくあることだった。

そのとき朝日は、上下セットのグレーのスウェットを着ていた。腕と足に白いラインが入っていて、襟や袖口はくたびれ、糸が出ている。そして朝日が着ると、手首や足首が不自然に飛びだし、肩も太もももぱんぱんにふくらんでいる。その姿を見るなり、時子はイヤホンを外して、ベッドの上に起き上がった。

「これ、お母さんが出してくれたんだけど。時子の?」

時子は返事をしなかった。ふだんの時子の服とサイズが違うことは、ふたりともはっきりわかっていた。

「ちがう? お母さんのでもないよね。誰の服?」

「なんだろ。どこから持ってきたんだろ」

見覚えがないわけではなかった。ありすぎるくらいだった。朝日はしばらく時子を見つめて、上着を脱ごうとした。首が詰まって、脱ぐのにしばらくかかった。ようやく頭を抜いて、キャミソール姿になる。胸元にレースのついた青いキャミソール。それはわたしのだ、と時子は思う。

「時子。あのさ。ずっと聞きたかったんだけど。この家って、もともとほかに、誰かいたの？」

壁か、天井か、頭の中か、どこかからサラサラと音がしている。

「いや、わかんないけどさ、この部屋。時子ひとりの部屋にしたら、広いよねえ。そもそも、なんで二段ベッドなのかな、って、ずっと思ってた。わたしが来るってわかってるわけ、ないもんね。なんかさ、こないだお母さんに頼まれて、物置きみたいな部屋に段ボール置きにいったらさ、うちのじゃない制服かけてあった。そしたらさ、あの、リビングに、写真かざってあるよね。旅行かなんかの写真でしょ。あれ、お父さんと、お母さんと、時子ともうひとり、親戚かなんかなのかな、って、思ってたけど、女の子。時子よりちょっと大きい女の子がいるでしょ。あれ、だれなの？」

話しているあいだ、朝日はお腹にかかえたグレーの上着を強く握りしめていた。

時子は朝日から目をそらして、ベッドの枠にたまった埃《ほこり》を見つめていた。

「この服、その人の？　時子。もうひとりいたの？」

「姉だよー」

できるだけなんでもないことみたいに時子は言って、もう一度寝転びなおした。

「そんな、思ってるような、たいしたことじゃないよ。姉ね、結婚してどっかで暮らしてるのよ。別に死んだりしてないし、なんか、なに、勘当とかもしてないよ。隠してたわけじゃないけど、べつに、言わなくていいかな、って思ってたけど、だから、気にしないでいいから。でもそれはサイズあってないからやめな。そこにわたしので似たようなの入ってるから、そっち着な」

「そうなんだ。そうなんだ」と朝日は二回言って、ズボンも脱いだ。

「もしかしてなんだけど、あんまりお母さんとかにお姉さんの話、しないほうがいいの？」

「なんで？」

「なんで？　なんとなく」

「そうかもね。てかうちの姉について話すこと、べつにないでしょ」

朝日は何度か小さくうなずいて、引き出しから時子の黒いスウェットを取りだし、空いたスペースに代わりにグレーのスウェットを入れた。袖も、首も、今度はすんなりと入った。部屋を出ていく朝日の後ろ姿は、髪をひとつに結び、お尻はふたつ丸くて、はじめて会う人に見えた。十七歳のころの朝日の後ろ姿を思い出そうとする。想像するとき、朝日はいつも鳥居の真ん中に立ち、海に向かっている。制服を着て、髪は首が見えるくらいのボブ、毛先が内側に丸まっている。向こうから陽が上ってくる。首から下は、あいまいなシルエットしか思い出せない。目をこらしても、反射する光と波しぶきに阻まれてよく見えない。手のひらを海に向けて両手を下ろしていることだけがわかる。

12/5 やほ。明後日からテストです。しかも雨です。鬱です。海はぜんぜん好きではなくて、むしろ嫌いです。怖いです。理由は、ちょっとキモい話になるので嫌だったら読み飛ばしてください。ここから←←←
　母親が酔っぱらうといつも、うちの家系は絶対水難で死ぬ、みたいなことを言うのね。川に落ちて見つからなかった子どもとか、わたしが生まれる前に入水自殺した母親のいとことかいるらしい。で、わたしが小さいとき、海に連れていったら、勝手に足がつかないところまで歩いていっちゃって、救助さわぎになったんだそうです。普通子どもはそんなことしないそうです。小学生の時はその話聞いてめっちゃ怖くて泣いてたけど、でも今は納得する。いなくなりたかったんだよね、わたし、って思う。わかるよー。だから海は飛び込んじゃいそうで怖いので、いざってときまでは行かないようにしてます。

ここまで→→→キモい話おわり。結論。海は嫌いです。でも運命的なやつも、感じます。おわり。違う話しましょう。最近好きな食べもの。グァバのグミ。これはぜんぜんグァバの味しない、けど一番おいしいピーチの味の、さらにおいしい味がする。さいこう!!! おすすめ♡ あさひ

時子は黄色いノートを閉じて、マットレスの下に戻した。十七歳の朝日が書いた日記を読みかえすのはきまって、朝日がだれだかわからなくなったときだ。動きまわり、ものを食べ、笑ったりうつむいたりする朝日を見ていると、十七歳の朝日を忘れていく気がした。それはとても怖いことだった。胸の肉は変わらず丸くえぐれていたけれど、朝日にふれられた夜以来、はげしく痛むことはなかった。けれどもノートを開くときだけは、消毒液を塗ったようにすうっと痛む。それでやっと安心した。

朝日はそれから、姉のことにはふれなかった。けれどときどき、リビングの写真立てをじっと見つめるようになった。しばらくしてどこから見つけてきたのか、小さなクリーニング屋でアルバイトをはじめたけれど、それもすぐにやめてしまった。長く働いている主婦たちに仲間はずれにされたと言う。夏が近づいていた。時子はスーツの代わりに、オフィスカジュアルと呼ぶらしい服を何着かそろえた。スーツでも私服でもない服が、好きで買う服よりも値が張るのが、なにか釈然としなかった。時子の知らないところで、時子を除いた八人の同期が先輩と飲み会に行ったり、三人だったり五人だったりのプライベートなチャットグループを作ったりしていることを知っていた。時子はそのうちのどこにも入っていなかった。会社が売っているチョコレートの販売イベントに立つたび、時子は余ったサンプルをだれよりたくさん持ち帰った。海外から輸入している、変わった味のチョコレート。ざくろ、ココナツ、リンゴンベリー、スイカ、アボカド。朝日はどれも喜んで食べた。

ガラスをきれいにするのはめんどうで、すぐに指紋がつくし、拭こうとしても少しでも水気があれば線ができる。清潔な手と清潔なクロスでおこなわないといけない。自分が掃除をしたという痕跡さえ、きれいに消し去らないといけない。七つのグラスを磨きおわったときには、もううんざりしていた。父がパスタのソースを作り、朝日がテーブルクロスを広げて、母は掃除機をかけている。

　パーティのことを知ったのは、水谷からメッセージが来たからだった。「今度おじゃまするとき、なにか持っていったほうがいい?」とあった。ことのしだいを理解するのに、それから何通かやりとりしないといけなかった。時子が類推したことには、こうだ。八月の朝日の誕生日にあわせて、母が朝日にパーティを提案した。そのときにハタも誘うように言い、朝日がハタに連絡をした。ところがハタは自分だけが招かれることに恐縮して、仲のいいモ2《ニ》をさそった。モ2もサークルの男で、同じ学年に下野《しもの》がふたりいたからシモ1シモ2と呼び分けられ、しかしいつからかシモ1だけは下野に戻って2だけが残り、しまいにはちぢめてモ2になった。モ2は水谷と付きあって長い。だからごく自然な流れで水谷を呼び、最後に水谷から時子に連絡が来たらしかった。あわてて確認したけれど、母も朝日も人数が増えたことにはおかまいなしで、むしろうれしそうにしている。そして、時子に伝えわすれていることには気づいていなかった。

　やってきた水谷は、時子に耳打ちした。

「なんか誘ってもらったからと思って来ちゃったけど、大丈夫だった？　ときちゃん的には、なんか変な感じになってない？」

「大丈夫。ハタが朝日と仲良いみたいだから、ま、一回会っとこうかな、とは思ってたんだよね」

　本心だった。ハタは背の高い青年で、見覚えこそあったものの、はじめて話すのに近かった。最年少らしく全員にてきぱきと頭を下げ、礼儀ただしくふるまう。時子にも、そして朝日に対しても同じだった。親しいというよりも、ずっとなにか恐縮しているような、引け目でもあるような態度に見えた。

　両親ははりきっていた。もともと、人を招きいれ、もてなすことを喜ぶ性分のふたりだ。友だちの話をするたび、「連れていらっしゃい」と言われたけれど、結局一度もそれが実現したことはなかったな、と、バゲットを斜めに切りながら時子は思いかえす。どうやったらこのふたりから、わたしみたいな子どもが生まれるんだろう。ふたつつなげたテーブルを囲むと、大家族みたいだった。配膳を手伝っているうちは調子がよさそうだった朝日は、座ってしまうと急にきょろきょろして、ときどきまぶしいような顔をした。

「じゃあ、乾杯は時子に」と父が言った。

なんで？　と聞き返そうと思ったけれど、言われてみれば確かに、全員を知っているのは時子しかいない。グラスを持って背筋を伸ばすと、視線が上がって、みんなの顔がさっきより下に見える。時子から右まわりに、ハタ、母、父、モ2、水谷、そして朝日。

「朝日」

時子は、大きく息をすいこんだ。

「朝日。誕生日おめでとう。こうやって誕生日、お祝いできて、みんなで、ね、ふしぎだなって思うけど、けど、うれしい。うれしいです。何歳……何歳になった？　あっ、同じか。わたしと……わたし早生まれだからあれだけど、けど、まあ、いちおう、そうだね。何歳になるんですか」

グラスに目をやってはにかんでいた朝日は、そこではじめて時子のほうを向いた。みんなが朝日に注目している。自分のところにたまった緊張をふきとばすように、朝日はふっ、と息の音をさせて笑った。

「わかりませーん」

明るい調子に、みんながいっせいに笑う。そのとき時子は、顔をしかめそうになるのを必死でこらえなくてはいけなかった。聞かなければよかった、年なんか。

あの夏が飽和する。
―全文朗読付き完全版―

カンザキイオリ

青春サスペンスの傑作、文庫化記念！人気声優による全文朗読が付いた完全版単行本。十三年前の逃避行を描いたスピンオフ初掲載。

▼六三八〇円

Across the Universe

秦建日子

彼らはなぜ人を殺すのか。人の心を蝕むのは、悪意か、愛か。渋谷ハチ公前爆弾テロ事件から三年。世界は、ついに、変わる……。三部作堂々完結！

▼一九八〇円

あの空の色がほしい

蟹江杏

風変わりな家に住む〝変人〟芸術家とお絵描き大好き小学生――オッサン先生とマコの奇妙な交流を描く、落合恵子さん絶賛の感動小説！

▼一九八〇円

京都という劇場で、

現代京都に現れた小野篁とその仲間たちが、「オペラでコロナを倒す」べく地獄幽霊かもしれないのに——朝日の背後にある出窓の窓ガラスから直接、シダの葉があふれだしてくるのがふと、目に浮かぶ。太い緑の指先が、朝日を背後からつかまえようとするように、こちらへ向かってめりめりと生えてくる。「わかんないかあ」というのがせいいっぱいだった。

「いいです、わかんなくて。朝日。すごいことだよ。朝日が生きてるだけで、すごいことです。おめでとう。かんぱい」

七つのグラスがあがって、パーティがはじまった。フォークを持った人の手がかわるがわるテーブルの上にかざされて、あちこちで食べものを刺したり、すくったり、かき集めたりした。父はモ2と動物倫理の話で盛りあがり、水谷は朝日にあれこれ他愛ないことをたずねた。母はときどき時子に目をやって、しっとりとほほえんだ。はじめて幼稚園から帰ってきた日に向けられたような目。時子はそれに気づかないふりをして、もくもくとローストポークを食べ、きのこのクリームパスタを食べ、合間になんとなく笑顔をうかべた。ときどき、となりに座る朝日のほうをうかがう。うなずく動作も、食べる動作も、まばたきさえ、朝日がするとぜんぶ大袈裟に見える。時間が経つのがゆっくりに思える。

「あの、今日ありがとうございます、呼んでもらって」

反対どなりから話しかけられて、はっとわれに返る。ハタだった。

「めっちゃ楽しみでした。緊張してます」

「なんで？」

「言うて絡みなかったですし。パーティってあんまないですし。すごいですよね、めっちゃいい家っぽいっていうか」

「いや、うちもそんなないよ」最近は。

通りいっぺんの会話だった。朝日のことをなにか聞こうかと思ったけれど、やめた。気をつかったというよりも、自分がそのことに、まったく興味がないような気がした。ハタは母に料理の感想をいい、それから父とモ2の議論に加わる。時子も、朝日と水谷の会話に加わった。「クリーニングいいじゃん。意外と楽しそう」と水谷が言って、仕事の話をしているのだとわかった。それから少し遅れて、朝日はアルバイトをやめたことを隠しているのだ、とも。

「こないだはねえ、すごかったの。白いシャツ、背中の、一面、もうほぼ染めたくらい、カレー。しみなの。ちょっとつくんだったらわかるよ。こぼすのも、おなかだったらわかるよねえ。だけど、背中なの。すごくない？なにがあったんだよ、って、思うよね。持ってきたのは、おばあさん」

ふと、時子の足になにかあたった。

「だけど、シャツは男の人が着るようなの。それでね、わたしたち、考えてねえ。うん、おばさんばっかりだけど、けっこう、仲よくて。おばあさんが作ってたカレーの鍋に、おじいさんが転んで、背中からつっこんだのかなあ。それか、シャツはね、2XLでねえ」

ハタの足だ。よけたり、押しかえしたりしても、時子の足にぴったりさわろうとする。ぞっとして、横目でハタのようすをうかがうけれど、話に熱中しているようにみえる。

「タコは高い知性を持っているって言うじゃないですか。実験だと、自分にイヤなことをした人間を覚えていて、仕返ししたりするんですって。それでぼくがおもしろいなあと思うのは、連続性なんです。昨日の自分がされたことを、今日の自分が覚えている。そのことを知るとぼくたちは、ああ、確かにタコって賢い生き物なんだなあ、と思うわけですよ。そういう感覚と、人間が命を奪っていいかどうか、っていう感覚は、密接に関係しているんじゃないか、と思うんですよね」

「だから、息子かもしれない。息子が恋人かだれか、怒らせて、作ってくれたカレー、背中にかけられたのかもしれない。背中だから、きっと、逃げていくときだよねえ。熱いカレーだったかな、やけど、したかもしれないねえ。ドロドロのものはやけど、ひどくなるっていうよねえ。それでおばあさん、かわいそうって思って、クリーニング出してあげたのかも。もうあんな人とつきあうの、やめなさいよ、って言って」

時子が急に立ち上がったから、ふたつの話が同時に、ぴたっと止まった。ハタの足は元の位置に戻ったようだった。巣穴のなかへぬるりと消えるタコの足が浮かんで、時子は空いた皿を下げるような顔をして、そそくさと席を立った。台所へ皿を置き、そのままトイレへ行った。落ち着く時間が必要だった。

よく手を洗い、リビングへ戻ってくると、ハタが「今日モ2さん、カホン持ってきてるんですよね?」と言うところだった。

「ぼくもベース持ってきたんですよね。バンド編成でできますね」

それからはあっという間にリビングの端にスペースが空けられ、譜面台まで準備されて、両親が拍手をした。モ2が中央でカホンに座り、両脇に水谷がギターを、ハタがベースを持って座る。席を外しているあいだに、時子のギターまで抜かりなく用意されていた。それでしぶしぶギターを持ち、サークルで弾いた曲を二曲、弾いた。二曲目はドラマの主題歌のカバーで、時子が歌った。両親と朝日は歓声をあげ、拍手をした。するとハタが、「朝日さん、歌わないですか？」と言った。

「ぼく、何回か朝日さんにギター教えさせてもらったんですけど。ギターもうまくなってますけど、歌めっちゃいいんですよね。気取らないっていうか、心にまっすぐ届く歌っていうか。ギター、貸してもらったらぼく弾くんで、絶対みんな朝日さんの歌、聞いたほうがいいですよ」

ハタにうながされて、時子はギターを渡した。朝日のほうを見ると、朝日はなんだかわかっていないような顔で、マドレーヌを食べていた。だから近づいて、「歌っておいでよ」と言った。朝日は言われるまま立ちあがり、代わりに時子がその席に座った。ギターを弾きはじめると、ハタはだれよりもうまかった。曲は、朝日が最近練習していた、あの知らない曲だった。モ2と水谷は席を離れ、一歩引いたところで並んで見ている。モ2が水谷の腰に手を回したから、あわてて目を逸らした。モ2のそういう無遠慮さを時子は、神経を素手でさわられるように感じる。どうして水谷はこんな男と付き合っているのだろう、と思うのもいつものことだった。

朝日は歌った。時子の知っている通りのよく伸びる声が、部屋にすんなり響いた。自分でもびっくりするくらい、時子は朝日の歌にうっとりした。もうガラス窓から葉っぱが生えてくることはなく、まっすぐ透き通って、朝日の身体に夏の陽をおとしている。いい歌だ、と思った。そして、こうも思った。そうだった。人生というものはこうやって、こういうところで、輝くのだ。いつも、朝日のところで——歌はワンコーラスで終わり、ほか四人の拍手はそこまで大きくなかった。先に歌った時子に気をつかったのかもしれないし、もう演奏を聴くことに飽きはじめていたのかもしれない。けれど、そんなことはどうでもよかった。そのとき時子は、はじめて実感していた。これまで何度もわかったと思っていたし、そのことにおののいてさえきたつもりだったけれど、しかしいっぺん本当にわかってしまうと、いままでの自分がばかみたいに思えた。

朝日は幽霊ではない。朝日の声はみんなに聞こえて、わたしのいないところでも鳴る。だからああやって食べ、名前を呼ばれて、だれの演奏でも歌えるのだ。

そう思ったら泣けてきた。今回ばかりは、朝日がまだ泣いていないのに、時子のほうが先に泣いていた。一同はそれを感動の涙だと認識した。はじめは歌に対する感動と受け取られたのか、「泣いてんじゃん！」と歓声が上がったけれど、母がつられて泣いて「時子、よかったね。朝日ちゃんが元気になって」と言った。それは偶然、いくらか本当の理由に近づいていたけれど、それでもまだまるきり違っていた。けれど父と、それから水谷は、事情を知っているからか、いくらか神妙な面持ちになった。するとハタとモ2も、いっしょになって口をつぐんだ。

　朝日は歌った場所に立ったまま、どこか遠くを見るような顔をしていた。けれど、何回かまばたきをして、「みなさん、ありがとうございます」と言った。みんな、朝日のほうを向いた。

「今日、うれしかったです。わたし。いっぱい来てもらって、遊んでもらって、よくしてもらって、ごはんとか、お菓子とか、歌とか、時子も、いろいろ。ほんと、いろいろ、うれしかったです。ありがとうございました」

　しばらく間があって、「それはよかったです」と父が答えた。

「今日も、いろんな話ができましたね。ぼくはやっぱり、いまの世の中で大事なのは、みんなが自立して、自立していながらもおたがいに親切にする、っていうことだと思ってます。親切っていうと道徳っぽくてイヤですが、仲良くする、くらいでいいのかな、と思います。ぼくもお礼を言いますね。みなさん、うちの時子と、それから朝日さんと、仲良くしてくれてありがとうございます。また来てください」

みんなの拍手が鳴った。パーティは和やかに終わった。帰りぎわ、水谷が時子のところへ寄ってきて、小さな声で言った。

「あのさ、きょう、ほんとは報告しようと思ったんだけど、タイミングなかったから、いま言うね。婚約したよ。式呼ぶね。それだけ」

背後ではモ2がわずかに頭を下げ、それをハタがうれしそうに指差していた。手をふって全員を見送り、玄関から上がってきながら、母がつぶやいた。

「はあ、楽しかった。久しぶりだった。麻央子《まおこ》がいたとき以来だわ、ねえ」

だれも、なにも答えなかった。机の上には、食べ終わった皿や食器が、乱雑に散らばっていた。どの皿も空っぽで、食後に食べたブルーベリーのひと粒も残っていなかった。


具合が悪いと言って、時子は早々に部屋に戻った。実際ワインを飲みすぎて、立っていると頭がくらくらした。けれどそれだけが原因ではなく、ひどくいらだっていた。パスタも、カホンも、結婚も、タコも、なにもかもが憎らしかった。朝日がみんなを連れてきたのか、それともみんなが朝日をどこかへ連れていってしまったのか、そのふたつはもとから同じことであった気がしてくる。ベッドにもぐり、布団を頭までかぶって、黄色いノートを取り出す。いつ朝日が戻ってくるかわからない以上リスクのあることだったけれど、やむなし、と思った。いまだにノートを持っていると知られるのもいやだし、ましてこうして読み返しているなんて。そしてそれ以上に、万が一朝日がノートのことを覚えていなかったら、と思ったら、とても見せる気にはなれなかった。けれどそのときは、どうしてもいますぐ読みたかった。

12/1 朝日とドーナツ食べました。ドーナツ2月につぶれるらしい。がーん。時間が早く感じるのって、歳とったからなのかな。死にたい人が歳とるのって、えらいかえらくないか、微妙だね。今日は死にたいのに生きててえらいの気分です。けど、溺れるのは絶対苦しいからヤダ。海好きなの？　ほんとに死ぬときは連絡してね。生きててほしいって思うのはわたしのエゴだって思うよ。だけど、朝日が死んだらわたしはたぶん生きてけないし、それなのに朝日が死んだら、それはそれで朝日のエゴでは!?　どう!?笑　だからやっぱり死ぬなよーっていうよ。ごめんね。最悪いっしょに死ねば解決、なのかもしれない　時子朝日が死んだあとは朝日の書いたところを読みかえすことが多かったけれど、このごろは自分の書いたところも一緒に読む。十七歳の朝日が遠いのと同じくらい、そのころの自分もまた遠い。なんて勝手で、いい加減なことを言うんだろう、と思う。そんなことでは、結局朝日の、なんにもならなかったのに――そうなんだっけ？　どうなったんだっけ、朝日は。冬に死んで、それなのに朝日の、夏、あの歌は――頭が痛い。酔っている。食道あたりになにか渦巻くのが、吐きそうなせいか、それとも傷ついているせいか、わからない。そのとき時子に、ある考えがはげしく訪れた。

わたし、もう、朝日といたいと思っていない。

あんなに朝日に会いたかったけれど、まちがいだった。わたしは、死んだ朝日に会いたかったのであって、死んでいない朝日に会いたかったわけではない。また会えてうれしかったのも、助けてやりたいと思ったのも、朝日が死んでいなかったからではない。矛盾しているように聞こえるけれど、しかしたしかに、朝日がまだ死んでいたからにほかならない。しかしいま、よくよくわかった。朝日は死んでいない。だからもう、出て行ってもらったほうがいい。父のタブレットをあげてしまって、ときどき連絡をとればいい。ごはんなんかも食べにいこう、一年に一回くらい。そのぐらい、そのぐらいで。

考えるうち、眠っていたらしい。ドアがあく音で目を覚まして、反射的にノートを隠した。けれどいつものようにマットレスの下ではなく、フレームとのあいだに押し込んだだけだった。朝日だった。部屋の電気をつけないまま、着替えはじめたようだ。バタバタと動いてしまったぶん、寝ているふりもかえって不自然に思われそうで、「おつかれ」と声をかけた。

「あ。起こした？　おつかれおつかれ、だいじょうぶ？　ごめんね、今日、なんか大ごとになっちゃったね」

「ぜんぜん、ぜんぜん、よかったんじゃない」

「具合悪いの？」

朝日はTシャツに着替えると、時子のベッドをじっと覗きこんだ。それからなぜか、ベッドのなかに入ってきた。時子はあわてて奥にずれ、マットレスからわずかにはみ出しているノートの背を身体で隠す。

「や、たぶん、酔ってるだけだよ」

「時子。わたしもねえ。酔ってる」

朝日は四つん這いになり、一度ぎゅっと目をとじて、それから時子を見つめた。

「あのさ。お姉さん、麻央子さんっていうの？」

予想外の質問だった。

「お母さんが言ってたね。麻央子さんいたときは、よく友だち来てたの？」

「そうだよ。なに？　なんでそんなに気になる？」

「気になるよ。いろんなこと。へんだと思う。だから、いさせてくれるの？」

朝日は言葉を選んでいるようだった。ほほえみが消えている。

「高校のときのこと、覚えてる？」

時子は息が止まりそうになった。もう一度姿勢を直して、ノートが見えていないかを横目で確かめ、「覚えてるよ。どうして？」と言った。

「わたしたち、いろんなこと、話したよね。わたしのお母さんのこととか、おばあちゃんのこととか、時子がお父さんと喧嘩したとかも聞いたよねえ。だけど、きょうだいがいるって、一回も、聞いたことない」

朝日が近づいてくると、いよいよどんな表情をしているのか見えなくなった。石けんのにおいがした。自分のからだからするのと同じにおいだった。

「隠してたの？」

「なんでそうなるの？　べつに、話すほどの姉じゃないんだって」

「だけど、なんでも知ってるって思ってた。おたがいに、なんでも話せるねって言ってたよね。わたしたち」

時子は深く息を吐いた。図星だった。

姉の麻央子は五つ年上で、明るく利発だった。父と母の両方に似ていたし、かわいがられるのがうまかった。時子にはなおさら、姉がとくべつかわいがられているように見えた。しょっちゅう家に友だちを呼び、母の料理でパーティをした。パーティのために、パイントサイズのアイスクリームをふたつもみっつも買ってもらって、冷凍庫をぱんぱんにした。パーティの時間、時子は部屋にこもり、布団をかぶって、楽しそうな声が過ぎていくのを待たなくてはいけなかった。ここは自分のいるべき家ではないのだと思った。だから朝日と話すときは、わざと姉がいないようにふるまっていたのだ。みじめな自分を、なかったことにしたかった。

「もう、いいよ。姉はもういないようなもんだから」

その明るい姉は、四年前に結婚してから連絡がつかなくなった。結婚式も友だちだけで挙げたらしいとうわさで聞いた。父と母はいたく傷ついて、なるべく姉のことにはふれなくなった。苦手に思っていた時子でさえ、あんまりだ、と思った。けれど朝日が来てから、ふたりは活気づいていた。ずっと余っていた四人分の食器も、スリッパも、ぴったり役目を果たす。それでなおさら、姉の話はしづらくなった。さっき母が名前を出したのは、ほとんどルール違反みたいなものだった。

朝日は正座して、急に猫なで声を出した。

「ね。具合、わるいの」

かと思うと、時子の布団にすばやく潜りこんだ。次の瞬間、朝日の手が服のなかに入ってきた。脇腹を撫で、胸元へ登ってくる。

「なに、なに、なに、酔いすぎ」

「わるいんでしょ。前も、具合、わるいときあったね。一回」

ついに手が、時子のおっぱいに届いた。それから、やさしくさすった。なんら欲望を感じない、いたわるようなふれかただった。思考が止まって、それから、もしかして、と思う。もしかしていま、わたしの、心臓をさわろうとしている。道理でいつも左をさわる。けれど心臓はもうないのだ。あのとき、海べで落とした肉のなかに、心臓も入っているのだ。時子はうつむいて、あの丸い傷の存在を感じようとしたけれど、あんなにあざやかだった感覚がない。そもそも傷自体が、どこにもなくなってしまったような気がした。そんなふうに感じたのははじめてだった。動揺して、呼吸が荒くなってくる。それを、朝日は喜んでいると受け取ったらしかった。

「時子。大丈夫だよ。さわってほしいときは、さわってあげる。ね。時子のこと、もっとわかりたい。ぜんぶ、わかってあげたいよ」

急に、腹が立った。この女になにかやり返したくて、たまらなくなった。さっき朝日がしたように、服のすそから手を入れて、朝日のおっぱいをつかむ。朝日が短く声をあげる。そのまま、Tシャツとキャミソールをいっぺんにめくった。朝日のおっぱいは、水のようにゆれていた。見ていると、自分の身体もいっしょにゆれ、波打って、どこかへこぼれてしまうようだった。朝日はあらがうこともなく、ただ、胸いっぱいで浅い息をしている。左のおっぱいをいくら握ったり放したりしても、心臓までは届いていかない。朝日の心臓が見たいと思った。朝日がされるままになっているのも、ふれられるたび息継ぎのような声をあげるのも、腹が立ってしかたがなかった。

左の乳首に噛みつくと、いよいよ朝日はさけんだ。同時に、時子も低くうめいた。歯を立てたところからどろりと、あふれ出してきたのは波ではなく、血でも乳でもなくて、肉だった。ぷちぷちした固体の舌ざわりを持った肉がいっぺんにあふれだして、時子の口へ充満した。とっさに身体を離すと、朝日は泣いたあとのような目でほほえんで、時子を見つめた。時子は自分の胸元をさぐり、それから服を首元までたくし上げた。穴がない。正確には、半分液体のような、肉のくずで埋まっている。朝日を見ると胸には傷ひとつなく、なにか合点のいったような顔をしていて、小さくうなずいたかと思うと、飛びつくように時子のおっぱいをくわえた。

「いまはね、わたしもいるよ。いるからね」

朝日の舌は今度こそ冷たくて、泣きたいくらい気持ちよかった。酔っている、と、時子は思った。それでもう、ぜんぶどうでもよくなった。そのままおたがい、どれだけあちこちつかみあい、舌や手やあちこちで撫であって、二匹の狐のようにはげしく噛みつきあったか、覚えていない。ベッドにはあたたかな肉の池ができて、体勢を変えるたび、体のあちこちが赤く汚れた。

目を覚ますと、部屋もベッドもきれいだった。ていねいにタオルケットまでかけられている。朝日が直してくれたらしい。上の段から寝息が聞こえる。はっと枕元を見ると、ノートは隠した場所に挟まったままだった。

11/27 はー。いまは夜です。最悪最悪最悪。土曜カラオケ行っただけで土日ずっと怒られて、被害者ぶってるって言われて、そんでもうずっと最悪だった。これでわたしが本当に死んでも、わざとらしいとか、責めたいだけとか、まだ言えるんかな。死にたいです。死にたいっていうか、もうここにいたくない。けど生きていたらいなくなれないから、結局は死にたいっていうことになる。身体もこころも、どっちもいらない。時子にちゃんと言っておくね。わたしはどうせ、そんなに年取らずに死ぬんだけど（まあもうけっこう年取りすぎたけど）死ぬときは溺死にするよー。五歳《ごいわお》ってところにお父さんの実家があって、小さいときだけどよく行ったから、たぶんそのへんの海で。海の中に神社とかあるんだよ。死んでもそこで会える、はず！　時子は死ぬならどうやって死にたいですか？　朝日

日記を読む頻度が増えていた。もはや、朝日に会える場所は、日記だけになった。読みかえすだけではとどまらず、朝日の目を盗んで日記のつづきを書いた。

朝日が戻ってくる前の、日記を毀《こわ》れやすい結晶のようにあつかっていた時子には、考えられないことだった。はじめて書いたのは、パーティの日のすぐあとだった。

9/1 こんばんは。久しぶりに書きます。時子です。今日は会社に行きました。22才になってしまいました。わたしたち、20才までに死ぬと思っていましたね。そうそううまくはいかないね。先週、朝日の誕生日パーティがありました。何才のだろう。朝日はわからないと言っていたし、わたしもよくわからないです。聞いてくれてありがとう。時子

それから、朝日とあまり話さなくなった。生活に必要な最低限の会話はするけれど、話をつづける気にはなれなかった。朝日は日記のなかにしかおらず、家のなかで歩いたり、眠ったり、食べたりしているのは、朝日ではないと思った。うちの石けんのにおいがする、だれか、知らない女。はじめのころ朝日は反対に、以前よりも親しげに接するようになっていた。わけもなくにこにこしたり、肩や頭を撫でたりすることもあった。けれど時子が避けるようになると、朝日のほうでもあまり近づいてこなくなった。代わりによく出かけるようになった。ハタと

会ったり、モ2やほかの後輩がそこに交じったりしているらしいけれど、よく知らない。新しく映画館のアルバイトも始めたという。父と母は朝日がもらってくる割引チケットを喜んだけれど、時子が見たい映画はひとつもなかった。

お互いに避けていても、同じ家に暮らしていれば当然行き合うこともある。会社から帰ってきて、朝日がソファに寝ころんでタブレットをながめていたりすると、無性に腹が立った。放り出されている白い足は、いちばん大きなワインボトルよりさらに大きい。どうしてこの人はここにいるんだろう、と思った。さらに耐えがたいのが、朝日がときどき、象のようなさびしい目で時子を見つめることだった。

一ヶ月あまりがそんな調子ですぎた。パーティをしてからというもの、母はたびたび麻央子の名前を出すようになった。麻央子、一度か二度会っただけの知らない男にさらわれて、凪のように消えてしまった、茶色い髪の、きれいな娘。友だちのぶんまでお菓子を焼いてやった。自慢の母でいさせてくれた。時子と朝日があきらかに距離を置いていることも、なおさら母に喪失を予感させるらしい。昔から時子には、母が傷ついているのがうんざりするほど感じ取れる。決して明言はしないけれど、言葉づかいや、洗い物をするときの表情や、時子や父がなにか言ったときの反応のするどさが、母の痛みをかんたんに語ってしまう。その言うともない訴えが、かえって時子の身体にねばっこくくっついて、いつまでも残るのだ。だから、母が時子の欠けたぶんを補うようにいっそう朝日にやさしく接するようになったのも、時子にはわざとらしい目配せのようで、いやだった。

父もまた、ときどき無言のふたりを見比べて渋い顔をした。父は無言をきらう。家族という共同体に必要なのは話しあうことだと信じているような父だ。すぐしんしんと悲しみに暮れる母も、なにも言わずに去ってしまった麻央子も、彼にはその義務を放棄しているようにうつるらしい。

だから話しあいが招集されたとき、時子は驚かなかった。そして内心、この機会を歓迎した。チャンスだ。だいたい、考えてみればもう半年も、ひとり暮らしの期間も入れればほとんど一年も、いわれなく朝日を養っていることになる。本来必要なはずのお金や場所が、朝日によって不当に占拠されている、という気さえしはじめていた。朝日がときどきあからさまな嘘をつくのも気にかかった。母だってみすみすだまされていたのだ。わたしもまた、知らず知らずなにか、偽《いつわ》られているに違いない。いい加減にそのことを、こののんきな両親に訴えなくてはいけない。そうして今度こそ、朝日にはほかの家を探してもらおう。

けれども夕食を食べおわり、母が「最近、なんか、悩んでることあるんじゃない」と切り出したとたん、急にその威勢がしおれてきた。自分がなにをあんなにいきりたっていたのか思い出せなくなった。すると今度は、朝日がここでなにかを語りだすことが、おそろしく思えてきた。とうとう姉について問いつめて、ひどい争いごとを招くかもしれない。肉体でもって関係したことを打ち明けるかもしれない。とにかく朝日より先になにか言わないといけない、と思って、突き飛ばされたように、先も決めずしゃべりだした。

「あのさ。わたしも、最近ちょっと、仕事も忙しくなってきてて、あんまり話せてなかったけど。ふたりともありがとう、いつも、いろいろ。ひとり暮らしだったときと比べたら、掃除とか、洗濯とか、ごはんも作ってもらってるし、すごい、楽になってて。朝日、朝日もいるし。まあ、朝日も、家のこと、手伝ってくれてるよね。朝日もいろいろたいへんなのに、ありがとね」

けっきょく自分のせいで両親に朝日を養わせている、というような後ろめたさが、時子にはあった。そこへ行き着くために、つまり、朝日がいることが自分ではなくまず両親にとって負担である、という方向へ持っていくために、してもらっている家事の話からはじめたはずだった。けれど、ひとつひとつ言葉を組み上げていくうち、全体のかたちは自分でも思いもよらないほうに向かっていた。うすうす気づいていたけれど、撤回するわけにもいかない。

「けど、朝日に、いろいろ気を遣わせちゃってるな、って、思うところはあって。家にいさせてもらってる、みたいな感じとか、それでなんかするっていうのは、なんか、悲しいのかな、って思ったりして。わたしが、お父さんとかお母さんに、朝日と住みたいって頼んだ部分もあるからさ、それで逆に、朝日を縛りつけちゃってるんじゃないかな、って、思ったりもするんだよね、最近、朝日も、遊び行ったりしてるし、ほんとはもっとしたいかもだし、それで、うーん。どうしようかな、って思ってる。友だち、だし」

友だち、のところを強調したのは、両親の温情に訴えるためと、朝日への牽制の、ふたつの意味を兼ねていた。なんとかうまく話がまとまったと思った。母が「そうね、そうね」と相槌を打つ。

「わたしたちもいつも、朝日ちゃんの意思は尊重したいと思ってる。朝日ちゃんがひとりで暮らしたいって思ったら相談してくれていいし、そのときはそのときでまたサポートするからね。だけどわたしとお父さんは、朝日ちゃんがいたいだけいてくれていいって思ってるからね」

父もうなずく。

「ようはね、うちには余剰があるんですよ。朝日さんがいてくれても、ぜんぜん困っていないんです」

父はいつも朝日に対して敬語で話した。

「余剰というのは、困っている人のために使うのが、ぼくはいちばんいいと思ってます。きっかけは時子の友だちだったからだけど、でもこうやって知り合いになった以上は、もうそんなに関係なくて、朝日さんもぼくのお友だちみたいなものなので。朝日さんが困っているから、ぼくたちが困らない範囲でなにかする。逆にいつかぼくたちが困ったら、朝日さんに助けてもらうこともあるかもしれない。それがシンプルないい関係だと思ってます」

時子はめんどうになってきていた。朝日に話しているような顔をして、実際のところは時子を咎《とが》めているのだ、と思った。だから困っている友だちに冷たくあたるのはやめなさい、と言いたいのだ。

朝日はだまってふたりの顔を見くらべていたけれど、隣に座る時子のほうを向いた。横目で朝日のようすをうかがっていた時子と、それで目があった。時子は目をそらそうと思ったけれど、やめた。ほとんど野性の判断だった。朝日はすっとうつむいて、「わたし」と言った。

「だけど、わたし、いついなくなってもいいと思ってます」

時子は、耳をうたがった。ふたりで暮らしていたときにしたあの懇願がうそのような、すました態度だった。そうするとどちらもが、この女の、計算ずくの口説き文句に思えた。じゃあ出ていけよ、とも思ったし、けれどそれで朝日が本当にいなくなるのなら、これまでにしてきたことがぜんぶ無駄になるような気もした。そうだ、いなくなってもいいのなら、どうしてこんなに手を焼かせて、しぶとくいつづけたんだ。いなくなってもいいもんか。わたしだって、と思った。わたしだって、中学生のときからだ、長電話に付きあい、おまえのために泣いて、いなくなったら、いなくなったらわたし、どれだけ苦しんだか。

先に怒ったのは、母だった。

「そんな悲しいこと言わないで。だれもそんなこと思ってないって、わかるでしょ。だれかが朝日ちゃんにそんなひどいこと、言ったのかもしれないけど、朝日ちゃんがそんなふうに思ってるわけじゃないんでしょ」

それからは父と母とがかわるがわる、朝日をはげました。朝日を虐《しいた》げ、傷つけてきたものがどれほど卑劣で、朝日の人生の責任がどれほど朝日のほかにあるのか、ということを、よってたかって言いあった。朝日はだまったまま、ふたりの言葉に小さくうなずいていた。そしてそれは時子に、朝日に冷たくあたる時子がいかに醜く、いかに冷酷かを、ひとことごとに思い知らせようとしているみたいだった。そのうち、時子自身もまた、その糾弾に加わった。朝日が朝日自身の人生の被害者であることを否定できない以上、できることはせめて朝日の加害者にならないよう、熱心に取りつくろうことだけだった。

朝日は小さな声でお礼を言った。そうして、少なくとももうしばらくは、この家に暮らしつづけることになった。結論に至ったとき、時子も心からほっとしていた。朝日を追い出し、失うことにならなくて、本当によかった。

そのすぐあとに、朝日は映画館のアルバイトもやめてきた。理由は話さなかったけれど、話せないようなつらいことがあったにちがいない、と、母が類推した。そしてそれきり、もう仕事を探さなくなった。しかし家族のだれも、朝日を責めることはなかった。

けれど時子は間もなく、やっぱり、このまま朝日とは暮らせない、という思いにふたたびかられた。複数の人がいっぺんに話したとき特有のあの熱が、ひとりに戻ったあるとき、ひらっと醒めてしまったのだった。やっぱりいずれは、朝日に出ていってもらわなければ。あの話しあいがこれ以上ないくらいのチャンスだったのに、それに失敗したのだ。しかし今さら両親に相談しても、残酷な人でなしあつかいされるだけだろう。失敗した。もう再現できないチャンスを、のがした。

時子は、つとめて朝日にやさしく接するようになった。あきらめに近い、消極的な努力だった。あんなふうな話しあいをしてしまった以上、冷たくするのも自分自身で気分が悪い。せめて朝日が自分の気づかいを感じとり、自ら出ていってくれたら、と思った。他愛ない話もしたし、身体を気づかったり、人からのいいところを褒めたりした。もう、この朝日が十七歳の朝日と同じだろうが、異なっていようが、関係ない、と思うことにした。時子にできるのは、道で迷っている人にするように、ひとえに善意だけで、やさしくふるまうことだけだった。

するとふしぎと、朝日はいっそうよそよそしく感じられた。もう時子を避けることもなく、いつもほほえみを浮かべて親しげにしているのに、毎日、はじめて会った人のようだった。そうしていると、また胸に傷のあるのを感じることがあった。秋の風がそこへふれていくと、ふしぎとしっくりと心地よかった。時子は石を引き出しから出して、枕元にかざった。

父も母も、それ以上文句は言わなかった。はたから見ていれば、むしろ敬意のこもった適切な距離感に見えるものなのかもしれない。それに、母はいっそう朝日と打ち解けていった。肩や腕にふれたり、好きな芸能人の写真を見せたり、時子にも、ひょっとしたら麻央子にもしなかったような、女友だちのようなじゃれかたをする。朝日のほうもすなおに母に感謝を述べ、家事を手伝い、昼間の買いものやちょっとした趣味の工作に付き合いつづけるのだった。

もうずいぶん長いあいだ、朝日とふたりきりになっていない、と時子は思う。同じ部屋でベッドの上と下にいることはあっても、ふたりともなにも言わない。

あんなにふたりきりだったのに。

10/8 こんばんは。チョコレートフェアでした。今日は二子玉で、ジンジャーがいっぱい売れました。試食をつまようじに刺して配りまくってると、だんだん自分がそれ以外なにもできない、してはいけないように思えてきて、もうそれはそれでいいか、みたいになってきます。チョコを一口配るために生まれてきた。

だから木曜の昼間に母が買いものへ出ていったとき、リビングに取り残されたふたりはわずかに顔を見あわせ、そして笑いだしそうになった。めずらしく時子が代休をとっている日だった。お互いにどう接したらいいのかわからない、ということだけがしかし、この一瞬でたしかにお互いに共有されたのが、目と目でわかった。

「なんか、久しぶりじゃない？　しゃべるの」と朝日が言った。

「そんなことないでしょ。おはようって言ったじゃん」

「ちがうじゃん。こうやってしゃべるの、久しぶりだよ」

それで、時子も「うん」とうなずいた。

「最近、あんまギター弾いてないね」

「うーん。たまに弾くけど、いちばん練習してたときと比べたら、そうだね」

「てか、ハタとまだ会うの？」

「いやあ、なんかもうねえ、あんま連絡来てない」

ずっと笑いをこらえているような声だった朝日が、いよいよにんまりした。

「ね。いやなんでしょ。会ってたら」

時子は動揺して、つい机の上のマグカップを取った。もう中身は入っていなかったけれど、くちびるにあてて飲むふりをした。

「いや、べつに、なんで?」

「嫌いじゃん。ハタくんのこと」

なにか取りつくろうようなことを言おうとしたけれど、口から出た言葉は、「なんでわかんの?」だった。

「わかるでしょ。見てたら」

朝日は、とてもうれしそうに見えた。聞くならいましかない、と思った。

「朝日。前も聞いたけど、朝日は、なんでうちにいるの」

「え。居ごこちいいからだって」

即答したあと、朝日はしだいに真剣な顔になる。

「ね。ほんとに聞きたいのって、それ?」

そう聞かれたとたん、時子はもうなにも考えられなくなった。朝日の質問はまぎれもなく攻撃だった。頭のなかに無数の疑問が浮かんでいたけれど、どれも口から出してはいけないように思えた。朝日はさらにつづける。

「ほんとは、もっとほかのこと、聞きたいんでしょ。バイトやめたほんとの理由とか、ハタとやったの？　とか、いま時子のことどう思ってるのかとか」

けれどそこで、時子はふっと醒めた。朝日がわざと時子を動揺させようとしているのがよくわかって、にわかに勝ち気になった。それに、朝日の挙げた質問はどれも的外れな、どうでもいいことだった。ふたりはしばし、無言のまま見つめあった。静かだった。けれど、つぎの瞬間にどちらかがなにか言えば、たちまち取っ組み合いか、もしくはセックスになる、と思った。

けれども、そうはならなかった。玄関のチャイムが鳴ったのだ。朝日が先に玄関のほうを向いた。母かと思ったけれど、もう一度チャイムが鳴ったからちがう。インターホンの画面には、女の人らしき胸元が映っている。ボタンを押して、「はあい」と時子が言うと、女の人は「あけて」と言った。その瞬間、時子は朝日のほうを向いた。朝日はなんだかわかっていないようすだったけれど、時子のただならぬ表情を見て、自分もインターホンに駆け寄ろうとした。

するとつぎの瞬間、そのインターホンから機械越しの悲鳴がひびいた。母の声だった。玄関であわあわあさわぐ音がして、勢いよくドアが開いた。鍵をあけた母の背後、女の人は首をひねって部屋を覗き、目の前にいた朝日を指差して、「時子？」と言った。朝日が首を横にふると、時子が横からさけんだ。

「ちがう、ちがう、なんでいんの?」

大股で入ってきた女の人の後ろでは、母が座り込んで泣いていた。時子はあらためて、その人を上から下までながめた。長い黒髪に、首元が大きく開いたオレンジのトップスに同じ素材のパンツ、ゴールドのネックレスとピアスをつけ、時子よりも少し背が低い。少し肉がついたけれど、くちびるの動きかたが変わらない。麻央子だった。

なにか聞かれるのも待たずに、麻央子は「顔見せにきただけだから」とみずから答えた。それでもう説明が済んだというようにリビングを歩きまわり、「ものが増えとる」とつぶやいて、そのまま二階へ上がろうとするから、時子があわてて止めた。

「なに?」

「いま、友だちが、そこの朝日が、いっしょに住んでて。だから上の部屋、朝日とわたしの部屋になってるから」

指差された朝日は状況を察したのか、すっかり小さくなっていた。麻央子が「あ、そうなの、どうも。姉です」と朝日に会釈をすると、「すみません」と返事をした。連絡を受けて、まだ明るいうちに父が帰ってきた。一度だまって麻央子を抱きしめて、それから寿司を注文した。食べながらそれぞれ近況を話したけれど、驚くようなことはなにもなかった。りっぱな桶に色とりどりに並んだ寿司は、なにを食べても同じ味がした。

　麻央子はしばらくうちに泊まると言った。男のほうが仕事で家を空けているらしい。寝る場所について相談したとき、麻央子がもともと眠っていた二段ベッドの上の段で眠りたいというから、協議になった。麻央子はすぐに「あ、ごめん。朝日ちゃんがいるなら大丈夫」と撤回したものの、朝日はなんだか恐縮して、麻央子にベッドを譲りわたそうとする。母と時子はそれはおかしいと主張したけれど、しかし母が「下の段で時子と朝日ちゃんが一緒に寝ればいいじゃない」と言うと、今度は時子があわてた。それはどうしても避けたかった。それで代わりに、「いいよ。わたしがソファで寝るから、朝日はいつものところで、麻央子がわたしのところで寝ればいいじゃん」と提案したけれど、それだと誰の要望も叶っていない。けっきょく、麻央子がもう一度「大丈夫だって」と言いなおし、ソファで寝ることになった。

　それなのに夜になると、朝日は時子のベッドで寝たがった。理由をたずねてもなにも答えず、うつむくばかりで、最後には泣きだしてしまう。ここしばらく見たことのないような弱気ぶりだった。時子はしかたなく朝日を招きいれ、隣で寝かせてやった。上のベッドは無人で、いまごろ姉はソファで寝ているのだ、と思うと、ばかばかしくなった。

そんなふうに三日がすぎた。麻央子はずっとここにいたかのように堂々としている。戸棚をあけてものを食べ、テレビのチャンネルを変え、タオルを勝手に取り出して長いこと風呂を占領する。全員が食事にそろうと、かならず四枚セットの食器が足りなくなって、時子が違う柄のを使った。

麻央子は朝日ともよくしゃべるようになった。もともと人当たりのいい麻央子だ。時子が仕事に行っているあいだに仲良くなったらしい。好きなアーティストの話をしたり、アプリゲームを薦めあったりしている。朝日がタブレットでゲームをしていることを、時子ははじめて知った。けれども夜になると、朝日は時子のとなりで眠りたがるのだった。なにか目に見えないものに追いかけられているみたいだった。ベッドに入ると、時子のおっぱいをさわったり噛んだりしていたときとは別人みたいに、朝日は小さく背中を丸め、時子の肩におでこをくっつけて、素朴に眠った。枕元には石が、ふたりに向かって聖母の両手を広げている。

寝顔を見ていると、時子を奇妙な満足がおそった。最後に朝日のそばにいてやれるのは自分しかいない、という気がした。結局本当に不安なときには、朝日は自分のところにやってくるのだ。思えばこのごろすっかり自信をなくしていた。会社に行っても、うちに帰ってきても、自分がここにいないような気がした。それがふつうだと思っていたけれど、ちがった、と思う。本当にいなくなっていたのだ、いまそれがわかる。失いかかっていた輪郭が、朝日のふれたところから、やっとよみがえってくる。

10/14 朝日へ。こんばんは。テレビで、ニホンカワウソ（絶メツ）だと思ったらユーラシアカワウソだったというニュースを見ました。暗視カメラで撮った夜のカワウソの映像が映っていてかわいかった。見られていないと思ってるカワウソ

日曜日、母が「あとどのくらいいるの？」と麻央子にたずねると、麻央子は「どうしようかな」と言った。母は、あきらかに舞い上がっていた。それでいて、つぎの瞬間にはねずみのようにおびえ、麻央子の顔色をうかがう。その媚びようが時子にはいらだたしかった。朝日が気丈にふるまっていたとしても、心のなか

では麻央子の存在がストレスになっているにちがいない。麻央子はいるだけで朝日をベッドから追い出し、あんなふうに小さく丸めてしまった。それなのに、あんなに朝日をかわいがっていた母は、すっかり麻央子に夢中になっている。かわいそうだと思った。しかしだれもそれに気づいていない以上、自分が朝日を守ってやらないといけない。

そのとき朝日はソファに座って、レモンピールのチョコレートを食べていた。昼食のあとだった。母は洗い終わった食器を拭いていて、父は自分の部屋へ戻ろうとしていた。麻央子が帰ってきてからの数日、父はひとりになろうとすることが増えていた。麻央子は壁にかけてあるカレンダーを見た。時子が会社でもらってきた、りんごがいっぱい実った木の絵が描いてあるカレンダーだった。

「水曜健診だから長くてもそのへんかな」

「なにそれ」と、時子がなにげなくたずねた。

「妊婦健診だよ」

答えを聞いた瞬間、母が悲鳴をあげた。麻央子は、あーあ、みたいな顔をした。

「なに、なに、なんて言った？　だれの？」

「あー。はい。そうです。わたしです」

「あんた、あんたの、妊婦健診？　妊娠してんの？　赤ちゃんいるの？」

「はい」

「うそでしょ。なんでそんな大事なこと言わないの」

「だからちゃんと言ったじゃんか。てかどっかで言おうと思ってただけでその報告で来たんだよ。なんだったらわざわざ言いにきたんじゃん」

「ああ、ううん、言うにしたって言いかたってものあるでしょ、ああびっくりした。やだ。ええ？　子ども？　あんたに？　うそ。何週」

「十四週？」

「うそでしょ。はあ。やだ」

　時子は思わず、姉のおなかをまじまじと見た。太っただけかと思っていたけれど、このなかに赤ちゃんがいるのだ。朝日のようすをうかがうと、朝日も姉をじっと見ていて、それから時子のほうを見た。目があって、あまりのことに少し笑った。赤ちゃんがいる！

「麻央子。麻央子」

　怒りをいっぱいにふくんだ声がして、空気がさっと冷えた。父だった。

「妊娠してるって、いつわかったんですか」

時子は知っている。父が敬語になるのは、自分の存在を主張したいときだ。対等な関係のために、と本人は言うけれど実際のところ、だから自分の発言は正当で、耳を傾けられるべきだ、というニュアンスをふくんでいる。

「八月くらいだけど」

「それで、十月まで言わなかったんですか」

「いやだから、そのことを言いにわざわざ帰ってきたんでしょ。なに？　別に生まれてからでもよかったんだけど。てかなんだったら生まれても言わなくたってよかったんだけど。なに？　いまさら」

「麻央子！」と母が声をあげたのを、父が首をふって制した。

「座って話そう」

麻央子はあきれたような目つきのまま、それでもおとなしく座る。父も正面に座って、目をとじて一度、呼吸をととのえた。

「麻央子。麻央子のことで、ぼくとお母さんがどれだけ心配してるのか、まずわかってください。そりゃあ、麻央子も大人だから、ぼくたちがいなくても生きていけるんだと思う。それはわかってる。家族に依存していないのはいいことだと思って、尊敬するよ。ぼくが同じ年のときはそんなにしっかりしてなかったと思うし。だけど、依存しないことと、共存することは、両立できるはずじゃないのかな。ぼくたちは麻央子と関係しあって生きていきたいと思っています。ずっとそう思って、できるだけのことはしてきたつもりだよ。それを、大切な麻央子から理由もなく拒否されたら、ぼくたちだって傷つくよ」

「大げさなんだよ。べつに死んだわけじゃない、絶交したわけじゃない、てかもう嫁に行って、名前も変わって、いまさら共存するってなに？　言いたいだけじゃん。もうさあ、わたし、ほかにも家があるから。向こうの家もそうだけど、それ以前に旦那がいて、子どももできて、わたしの家があるから」

「女性だから結婚したら家に入るっていうのは古い考え方、自立できてない考え方だよ。小さいときからそうだけど、おまえはすぐ流行に流されて、自分というものがないんだよ。その結果、おまえに愛情を注いだ家族を捨ててしまうっていうのは、本当に、なんというのか、悲しいことじゃないのかな」

「いや、あのさあ、昔っからわたしが彼氏作るたびキレて、専門行きたいっつったらキレて、そんときも自立した女性とかっつってたけど、けどそれと愛を大事に、家族を大事にって、どうやってあんたの中で両立してるわけ？　お父さんは、お父さんがずっと言ってるのは、オレを大事にしろ、ってことでしょ。自立自立うるせんだよ、わたしがこの家で自立、あんたの言うんじゃないほんとの自立、させてもらえてたこと、一回もないからね。あーあ。失敗した。もういいよ」

時子はそのとき、姉と両親がいるテーブルと、朝日がいるソファのあいだに立ったまま、一歩も動けないでいた。ソファのほうからは、絶え間なくチョコレートの紙包みを開ける音がしていた。テーブルの脇に座っていた母が、ついに顔を覆って泣き出した。

「麻央子。ごめんなさい。わたしたちが、知らないうちに麻央子のこと、たくさん傷つけてしまってたんだよね」

すると間髪を容れず、「はーっ」と麻央子はさけび、手に持っていたクッキーの包み紙をテーブルに向かって投げた。

「あのさあ。わたしがいつ心の話した？　傷ついたとか、悲しいとか、言ってんのはそっちだけでしょ。わたしは一回もそんな話してない。ずーっと、現実の話をしてる。それをなんだ、傷ついたらえらいのか。傷ついたやつの言うことだけ順番に聞いてればいいのか。お前たちずっと傷ついたって言いあって、そんで、なぐさめあってろ。きもいんだよ。わたしは、わたしはねえ、そんなかんたんに傷つかない。傷ついていらんない。子どもできるから、そのことでいっぱいいっぽい。そんなに自分のことばっか、心のことばっか、かわいがっていらんない。ばかじゃないの？」

それから椅子を蹴るように立ち上がり、今度は時子のほうをにらんだ。

「あんたもさ。自立とか共存とかじゃなくて、ちゃんと自分の人生のこと考えな」

時子は、うつむいたまま固まっていた。おそろしくて、とても姉の顔も、それから朝日の顔も見られなかった。麻央子は「帰るっ」と宣言した。リビングを出たかと思うとまもなく本当に荷物を抱えて戻り、そのまま鹿のように玄関から駆け出て、そして、もう戻ってこなかった。家を出る間際に母が「ちょっと」と追いかけようとしたけれど、父が手をつかんで止めた。

窓の多い家だ。午後の陽が射しこんで、リビングは明るかった。朝日がチョコレートの包み紙をかさねる音だけが、くりかえし響いていた。

10/23 朝日へ。謝らないといけないことがあります。朝日が死んだあと、探しに海まで行きました。それで帰ってきたら、みんなに死のうとしたと思われていて、それで、ああ違うな、って思いました。朝日が死んでも、わたしは全然死にたいとは思っていなかった。朝日がいなくても生きていけたよ。死にたいばっかり書いたよね。それは本当に心からのつもりだったんだけど、わたしの死にたいはいつも朝日みたいに真剣じゃなくて、だからもう、本当に嘘だったって、自分が一番わかっています。

朝日が胸もとに顔をぐりぐり押しつけてくる。下の階から聞こえてくる言いあいの声が聞こえないようにしているみたいだった。麻央子が去ったことで、両親ははげしく互いを責めあっていた。母は父が「話しあい」をしなければ麻央子はずっといつづけたと言いはり、父はそんなふうに問題から目をそらしつづけるだけの関係には意味がないと言って取りあわなかった。

時子は、なつかしいぐらいだった。朝日とともに帰ってきてからの平穏な家庭ぶりのほうがおかしかったんであって、こちらのほうがよほど本来の姿だと思った。麻央子が両親に反抗するようになったのは中学に上がったころからで、子どものころはあんなに一身に寵愛を受けていたのに、言いあいが絶えなくなった。麻央子が出ていってからは、それが両親ふたりの争いへ引き継がれた。時子が大学に進学してひとり暮らしをはじめる、少し前のことだった。大学は通えない距離ではなかったけれど、ひとり暮らしがしたいと押し切った。家を離れるとき、時子は自分が羽根になったと思った。鳥になったのではない、あちこちに飛びまわる巨大で乱暴なからだを離れて抜け落ちた一枚の羽根になって、あてもない空中へ浮かんでいくと思った。

父と母は朝日の前では気をつかって言い争いを休んだし、時子には聞かせる愚痴も朝日には話さないように心がけていた。「家のことだからね」と、母はときどきつぶやいた。みんなで夕食を食べているときや、朝日と母とがならんで絵を描いたりしているときには、麻央子がやってくる前とそんなに変わらない、ほがらかな風景があった。けれど、自分が部屋に入ったとたんにたどたどしく凪いでいく会話や、これまでとはちがう搾りだすようなやさしさを、朝日はどんなふうに受け取っているだろう。麻央子がふたたびいなくなったにもかかわらず時子とならんで眠りつづけ、言葉少なになった朝日は。そう思うと、朝日が飴細工みたいに透き通っていく気がして、怖いと同時に、笑みがこぼれた。父の言うところの余剰が、家のなかでたしかに目減りしはじめていた。

朝日の頭を撫でてやる。このごろ、朝日は大人でも十七歳でもなくなって、五歳の子どものように思えることがある。朝日に求められる満足にも、すでに飽きはじめていた。この人を胸に抱いているのが自分の役目だろうか、と思うと、時子はふたたびしらじらと醒めてくる。就職してからというもの、自分の価値を作りなさいと言われつづけている。自分が仕事をすること、自分がいることに、自分ならではの価値を作れるようになりなさい。そのたびに、自分の果たしている機能のうち、自分でないとならないものを数えてみようとするけれど、ひとつも思い当たらない。そういう日にかぎってうちへ帰ると、朝日がソファに寝ころんで、焦点のあわないような目でタブレットをながめていたりする。だれだろうか、この人は。会社にも家族にも加わっていない、わたしの胸にだけぴったりくっついて、空中に浮かんだままの、だれだろうか、この女の子は。

ふたり向かいあって丸まっていると、いよいよ朝日の体が小さくなってくる気がした。麻央子のおなかのことが思い浮かぶ。あのなかにまだ生まれてこない命があるというのは、どういうことだろう。自分のおなかと、そこに収まる朝日のことを考える。おなかの中の部屋に住みこみ、生まれるしたくを整える朝日のことを考える。時子の身体から、根っこみたいに栄養を吸い上げて。

へその緒を切るのは痛いだろうか。

呼吸の速さで、朝日が眠っていないのはわかっていた。「朝日」と呼びかけると、顔をうずめたまま、わずかにうなずく。

「朝日、いまも死にたいと思う？」

「どっちでも」

ささやき声で、しかし迷うこともなく、朝日は答えた。朝日の吐いた息は、時子の胸にあいた穴をわずかに濡らした。

3

はじめにしたのは服を買うことだった。ほとんどの服が朝日と共用になっていたし、時子が会社に行っているぶん私服は朝日のほうが多く着ているから、もはや朝日のものを時子が借りているようなぐあいだった。新しく上から下までを二セットそろえ、ほかの服と交ざらないように、服屋の紙袋を棚がわりにして保管することにした。洗濯から上がってきた服を紙袋のなかにしまっていると、朝日が後ろで「あれ、かわいいのに、返品するの？」と言った。

「しないよ。朝日。いま着てる服、ぜんぶあげる。だけどここに入ってるのは、わたしのにするからね」

「なんで？」

聞かれて、一瞬、言葉に詰まり、「わたし、さいきん痩せちゃって、服のサイズ、変わっちゃったから」と答えた。そしてそのあとに、「朝日もさ、そのうち、ほかのとこで暮らさなきゃでしょ。そのときは服、ないと困るやつは、持ってっていいからね」とつけ加えた。朝日はわずかに目を泳がせたように見えたけれど、すぐに「えー、そっか。ありがとう」と言った。

朝日を追い出すのだ。今度こそ周到にやらないといけない。話しあいに失敗したのは、意志の固まっていなかったからだ。どこかにまだ迷いの残っていたからだ。朝日をじゃまにする自分の冷たさを同時に自分で責め、後ろめたさを感じていた。けれどもうそれはない、だってこれはほかでもない、朝日のためにも必要なことなのだ。いよいよ生気をなくし、時子に貼りついて、人生を憎むことすら忘れた朝日。崖ぎわのような勝ち気がこんこんと起こってくる。この家にいるあいだ、朝日はただ死んでいないだけで、生きているとも言えないんじゃないか。そうだとしたら、他でもないこの家が朝日を殺しつづけているといって、差し支えないんじゃないか。そしてその責任は、朝日をみすみすいさせつづけている自分のほうにもある気がした。時子は自分を奮いたたせようと思った。ノートをひらき、前を読みかえすこともなく、一行だけ書いた。

11/3 さよならします

そうしてやっと、姉の言う自分の人生というものがはじまるのだ。

まずは朝日の出かけた隙をねらって、母に相談を持ちかけた。前回はいきなり家族全員を相手にしようとしたからいけなかった。あらかじめひとりずつ味方につけていくことが、朝日を穏便に追い出すいちばんの近道だと思った。洗面所の母は、盗み聴きをおそれるような小声で、みょうに粛々と時子に向かいあった。このごろは刺繍するときも、レシートを数えるときも、罪をつぐなうようなうつむき加減の母だ。その態度こそが父にいやみっぽい卑屈さと受け取られ、なおさらにいらだたせるのに、と時子は思う。当人でない自分にさえありありとわかることが、どうして何十年も連れ添って、おたがいにわからないんだろう。

「朝日のことなんだけど」と切り出すと、自分の声が思ったよりも高かった。

「ここにいるのがほんとにいちばんいいのかなあって、さいきん思ってる。麻央子が帰ってきてから、なんか、もめたりすることも増えたし。うちのことに朝日を巻き込んじゃうのはやだなーって、思うんだよね。朝日のこと、みんな大事に思ってくれてると思うから、ほんとにわたしも感謝してるし、わたしも大事に思ってるんだけど、一回ちゃんと考えたいっていうか」

母は痛みに耐えるような表情を浮かべたあと、「そっか。ごめんね」と言った。

「朝日ちゃんにとっても、それから時子にとっても、いい家じゃなくなっていたよね。ごめんね。麻央子はいなくなったけど、時子はまだいてくれているもんね。お父さんにも言われたよ。冷静にならないとね。がんばらなくちゃ」

「ちがうよ、ちがうよ」と時子は言った。全然わかっていない。これでは結局また、母がどれほどに努力を強いられ、傷ついているか、という話へ持っていかれてしまう。そうなるともうこちらも、「いや、しょうがないと思うんだけど。お母さんも、つらいよねって思うんだけど」と受けるしかない。

「みんなつらいのしかたないけど、朝日はそうじゃないじゃん。別にここで絶対暮らさないといけないっていうんじゃないじゃんか。そろそろ考えてもいいのかなって思うってだけ」

話しながら、自分の歯切れの悪さもまた、いやになった。あんなに心を決めたはずなのに、やたら遠回りな言いかたしかできない。母は時子を見つめて、「そうだね。タイミングが来たら一回聞いてみようか」と答えた。

けれど、タイミングは来なかった。それからも母は変わらず朝日と仲良くしつづけ、それどころか聞かれてもいないのに「気にせず、ずっとうちにいてくれていいんだからね」と言いさえした。はじめはあきれたけれど、そのうちに納得した。きっと、母が求めているのはいつも安定なのだ。だから朝日がいることにみんなが慣れきったいまとなっては、朝日がいない状態に戻すこともまた、母の安定を崩すことであるに違いない。母が湿った両手をのばしてつなぎとめようとしているもののなかには自分もまた入っていると思うとあまりに重く、それ以上頼る気にはなれなかった。

それで夜、今度は父の部屋をノックした。部屋へ入るときにはいつもそうするようにと小さいときから教えられている。父はますます部屋にこもるようになっていた。相談があるというとノートパソコンを閉じ、座ったまま回転椅子ごと時子のほうを向いた。

「最近さあ、仕事でいろいろ考えるんだけど。自分の価値ってなんだろうとか、なんで仕事してるんだろうとか、そういうこと。それで、朝日のこと、朝日もなんか仕事を探して、べつのところで暮らしたほうがいいんじゃないかな、って、思うんだけど」

おずおずと言うと、父は険しい顔でため息をついた。

「時子が慣れない仕事でがんばって疲れてるのは、見てるからよくわかるよ。毎日家にいる朝日さんがうらやましくなるのもわかるし、それで人と接するのが面倒になるのもわかる。だけど、基本的に自分と異なる他者と接するっていうのは面倒なことだよ。まずはそれを受け入れないと。まして、友だちで、一度手を貸すといったものを、自分の都合だけで切ろうとしたら、朝日さんからしたらどうだろう？　時子、世の中を冷たいと思ったなら、その一員になったらいけないよ。朝日さんが困ったとき、時子だけが抱え込もうとするからいけないんだよ。ぼくもお母さんも力になるから、もっと頼ってみなさい」

甘かった、と思った。だんだん不気味に思えてきた。両親が善意のために強気に出られないことは簡単に想像できたとしても、それ以上に朝日という人に、簡単には手放せないような、尋常でない魅力があるのかもしれない。両親もまた、ひょっとしたらずっと前から、その魅力に憑かれているのかもしれない。そう思うと、自分自身の存在がそのほかならない証拠であるように思え、時子はうんざりした。だれより自分が、朝日にどうしようもなく惹かれてきたのだった。これじゃあ本当に幽霊みたいだ、いっそ、幽霊だったらよかった。

そして、そうだな、わたしにしか見えなかったらよかったな。


ドアノブにさわりかけて、時子は一度手を引っこめた。代わりに閉まったドアの隙間を、目を細めて見た。仕事用のかばんを床に置き、上着を脱ぎながら息をひそめる。なかから歌が聞こえる。と思ったら、それは低く話している声だった。朝日だ。いつもより早く帰った日、まだ陽も落ちたばかりで、電気のつかない廊下も薄い明るさだった。父は外出しており、母はソファにいたから、部屋には朝日しかいないはずだ。その朝日が、「そうなんだよ」と言ったのが聞き取れた。

「もうさー、いやんなる。どっか行きたいよね。ええ？　お金ないんだってば。うーん。いろいろやってみたんだよ。けどうまくいかなくて。映画館。そう。そんときはわたしだけ年上でさあ、めっちゃなんか、悪口言われて。そう。なんかバックヤードみたいなところがあるんだけど、そこに閉じこめられたりとか。わかんないことあっても、教えてもらえないし」

時子はドアのそばに座りこんで、朝日の声に耳をすませていた。そのうち、しだいに影が降りてきた。スーツのズボンも、廊下に張られたベージュのカーペットも、その上に置かれた時子の手の甲も、みんな同じ灰色になった。

「その前もクリーニング屋で、ほんと最悪だった。逆にそんときはわたしだけ若かったし、まあ、いいんだけど。もう、わたしみたいなのは生きていく場所、ないじゃんね。ああ。また、そんなこと言うじゃん。わかる。わかる。さびしいよ。わたしだって」

しゃべり声に交じって、ときどき朝日が洟《はな》をすすったり、しゃくりあげたりする音がした。朝日が泣きだしたあとも泣き声にかまわずしゃべりつづける女であることを、時子はよく知っていた。だれだろう。夕暮れにおとずれた朝日の憂鬱の、だれが御相伴にあずかっているのだろう。時子が占有してきたはずのその席にいま、だれかが座っている。ハタだろうか。時子の知らないだれかだろうか。いますぐドアをやぶって電話を取り上げ、問いつめたい気がした。同時に、そんなことより電話を放り投げて、そこで泣いている朝日を、胸いっぱい抱きしめたい気がした。けれど、どちらもしなかった。時子の身体はドアの前で固まり、底から冷えて、ただ耳をのばしているだけだった。

「えー。いいよ。会いたい、会いたい。わたし暇だよ、ずーっと暇なの」

朝日の声は泣いていて、そして同時に、たまらなく楽しそうに響いた。

まばたきをしただけで涙が落ちて、スーツの太ももに円いしみを作った。いちめんの灰色のなかで、そこだけがひときわ暗い灰色になった。時子の涙であるはずなのに、自分とは関係のないことに思えた。そのとき時子ははっきりと、朝日と話がしたいと思った。父でも母でもない。朝日と話さなくては。ほかに誰も容れず、ついにふたりきりで。

時子はついに、電話が切れるまで部屋へ入らなかった。最後に朝日は、「またねえ」と言った。待ちかまえていたことを悟られないように、そのあとにもさらに少し待ってからドアを開けると、朝日はベッドに座り、タブレットをさわっていて、部屋は息ぐるしいほど暖房が効いていた。

二日あとの休日、意を決して「朝日」と声をかけたときにも、朝日はベッドのなかにいた。下の段は暗く、どこに座っても顔に影がかかる。「話したいんだけど」と言うとゆっくり出てきて、いぶかしげにクッションに座った。このバーバパパが、はじめは本当に憎かった。けれどいまとなってはどうでもいい、どうでもいいことだ。

そのときにはもう、自分がうまくしゃべることをあきらめていた。相手がだれであれ、人間の前に立たされて、生きているふたつの目がきょろきょろ動くのを見ると、口が勝手に滑りだして、心より先に相手を気遣いだしてしまう。そんな調子ではいつまで経っても重要な話はできない。ここしばらくで、それをいやというほど教えられた。

「仕事でさあ、恋人と同棲してるの隠してるでしょって言われたよ。だから飲み会とか誘いづらいってみんな言ってるって、わたし、なるべく早く帰ってくるようにしてたんだよ。知ってた？　朝日、朝日がいるからと思って、ひとりでいるからと思って。お母さんとお父さんもいるっちゃいるけど、だけどやっぱりひとりじゃん。そのときはさ、そういうんじゃないですよって言ったけど、人って恋愛しかないと思うなよ、バカにすんなよって思ったけどさ、ほんとに誘われなくなったまんまだよ」

話がはじまると、朝日は意外なほどなんの口も挟まずに聞いていた。言葉に詰まりながら、時子は話した。話しながら、何度も朝日の名前を呼んだ。朝日。朝日。呼ぶたびに、自分が呼ばれているみたいに、視界がぐらっとした。

「朝日、が、しんどい思いしないためにはどうしたらいいのか、ってことを、けっきょくのところ、ずっと考えてきた気がするんだよ。わたし、わたしっていうか、中学のときから。ずっと怖かった、わたしは。あなたがさあ、あなたの人生みたいなものにいじめられて、いじめられて、死んでしまうんだったらわたしも死にたい、し、朝日を守ってあげたいと思って、だけど朝日は死んで、だけど朝日は死んでいなかった、それで、朝日がいるのが、しんどいって思うことがたまに、それはさ、お互いだと思うんだけど、だけどたまに、あって。朝日になにもできないとか、したくないとか、思うようなことがあって。朝日、わたし、ずっと、朝日に会いたかったんだよ。それは、知らないよね。ほんとだよ。朝日に会えるんだったら、なんでもするって思ったよ。だけどねいま思ったらそれもうそだったかも、うそだったずっと」

時子は話しながら、ずっと膝に置いた自分の手がふるえるのを見ていたけれど、ふっと顔を上げたら目の前で朝日が泣いていて、だから泣かざるをえなかった。朝日が泣くときはかならず、時子も泣かなければいけないのだった。

「むかし、むかしね、いっぱい死にたいって言ったね、でもわたしのは死にたいっていう意味じゃなかったのかも。死なないでっていう意味で、朝日になりたいっていう意味で、だから、全然逆だった。逆だった！　ふたりで死にたい、死にたいって、言っても、言っても、わたしたちの言ってたのって、全然反対のことだった。知ってた？　ああ、出てって、出てっていいよ、もう。あのさあ、どっちでもいいって、なに？　何様。生きたくも死にたくもないなら、なんのために生きてんの？　朝日、なんで、なんでわたしなの、絶対だれでもいいのに、なんでわたしだったの、生きかえってなんで、もう一回わたしのところに来たの、わたし、無理かも、ごめん、わたし、朝日、朝日に、なにもできない、してあげられない。朝日。朝日、ほんとに、大事だよ。わたし。出てって。それか死んで。ああ、死なないで。いやだ。ごめんなさい。出てって。出てって！」

　時子がさけんだ瞬間、朝日は両目の涙をこぶしでぐーっとぬぐい、それでもまだ出てくるから目をぎゅっとつぶって絞りだすようにしてまたぬぐい、それから「うん」とうなずいて、立ち上がった。時子は息が詰まる気がした。無心のうちに自分が途方もなくひどいことばかり言ったと思った。そして、それを聞いたうえで朝日がうなずいたと思ったら、たまらなくなった。そのとき、朝日はもう歩きだしていた。引き留めようと思ったけれど、反応が遅れた。

　そうして、朝日は部屋から出ていった。

　ひとりになったあと時子はしばらく、形のくずれたビーズクッションを見つめていた。終わったのだ、と思った。一度そう思うと、ふしぎに落ち着いてきた。

ぜんぶ、自然なことのように思えた。終わった。自分で終わりにしてしまった。もっとほかの形もあったかもしれないのに、こんなふうにして終わりにしたのだ。朝日は今度こそ死んでしまうだろうか。悲しいけれど、どうしようもない。はじめからわたしには無理だった。そう思うと、もう涙も出なかった。

ところがしばらくして一階に降りてみると、朝日がいた。食卓に座ってチョコレートを食べ、紅茶を飲んでいた。ティーカップは朝日のと、おそらく母の、ふたつが出ていた。机の上にはチョコレートの包み紙が散らばっている。洋ナシ、アイリッシュウイスキー、バナナ、抹茶、プラム、ブルーチーズ。朝日は時子のほうを振り向いて、何回かまばたきし、ルビーチョコレートに手を伸ばしながら、

「減ってきちゃったよ」と言った。

「またもらってこようか」と時子は答えた。そうしてふたりはその夜も、下のベッドで寄り添いあって眠った。父母に相談してからというもの、「いい家」となるためにいちおうの努力をしてくれたのか、あからさまな言い争いは減っていた。それでも朝日は上のベッドに戻らず、いっそのびのびと、時子のとなりで眠るのだった。

完敗だった。そうして、時子は悟った。自分に朝日を追い出すことはできない。

朝日はしぶとくて、魅力的で、すっかり家族の一員になってしまった。だれも朝日を追い出すことをみとめないだろう。それ以前にまず自分が、自分に、それを許さない。

代わりに自分のほうが出ていくという案がいっとき、浮かんだけれど、考えただけで手にへんな汗をかいた。自分がいなくなったあと、両親と朝日の三人が家族のように仲良くいつづけるのも、反対に決裂してしまうのも、どちらも寒気がする。

それならもうこのまま、朝日と共に暮らしていくしかないのかもしれない。ときどき、もしはじめの電話に出なかったら、と考える。ひょっとしたらそっちが、そっちだけが正しかったのかもしれないと思う。

それから時子は、朝日となにか話すのをあきらめた。けれども前のように距離を置くのでも、大げさにやさしくていねいにふるまうのでもなく、まためちゃくちゃになってでもできるかぎりぜんぶ話すというのでもなく、ただ、だまってそばにいることにした。思いつく限りの接し方を試したと思った。けれど、どうやってもなにかが通じあっていると思えない。それなのに離れることもできない、なんとかしていっしょに暮らすほかないのだ。万策つきた時子の、かろうじて思いついた手段だった。朝日ははじめふしぎそうにしていたけれど、そのうち自分からなにも言わずにとなりに座ってきたり、もたれかかってきたりするようになった。本来、寡黙なほうなのかもしれない、と時子はいまさらに思った。

ときが経つにつれて、母はふたたび麻央子の名前を口にしなくなった。けれどときどきカレンダーをめくっては、出産までのおおよその日数を数えるようになった。言っていたことが正しければ、赤ちゃんは四月ごろに生まれるらしい。四月一日にマークをつけて、なにを言うでもなくながめた。そして、朝日が母の見ていないときにカレンダーをめくり、同じように四月のページをながめているのを、時子は知っていた。見かけるたび、鳥の死骸を見てしまったような、ぞわぞわしたいやな心地がした。

家はしずかになった。朝日は心なしか、寝転んでいることが増えた。いつもベッドかソファにいて、タブレットをひらき、しきりになにか操作している。あいかわらず、上のベッドには寄りつかなかった。

一月十四日。目が覚めたら携帯電話の画面にそう表示されていて、時子はなんとなく石に手をあわせた。やってもやらなくてもどっちでもよかったけれど、朝日に、というよりはもう、石自体にあいさつするような気分だった。目をとじてお辞儀をし、起き上がったとき、隣で寝ている朝日がかすかに身じろぎした。見られただろうか、と思った瞬間、悪事を目撃されたような、申し開きをしなければならないような気持ちになって、そして自分でそのことがばかばかしくなり、急に心が決まった。べつべつで眠ろう。上に戻ってもらうか、そうでないならわたしが上で寝ることにしよう。

朝日の肩をゆらし、「ねえ、ねえ、あのさ」と呼ぶと朝日はすぐに目をひらき、やっぱり見られていたのか、とひやっとしながらも、「ぼちぼち寒いし、狭いでしょ」とだけ言った。自分から話しかけるのはひさしぶりだった。朝日は目をぱちぱちしてから、「へいき」とだけ答えた。

「平気じゃないよ。風邪引くよ。わたしけっこう、起きたら朝日の布団とってることあるよ」

「わたし、暑がりだから、だいじょうぶ」

「なんでそんなにやなの？　前は上で寝てたじゃん」と言うと、朝日は寝転んだまま、体を左右にゆらした。上半身ごとゆれると存外に大きく、重たそうで、ひさしぶりに朝日の身体が大人の女性に見えた。

「上は、麻央子さんのところでしょ」

「いや、もう、帰ってこないって。大丈夫だよ。帰ってきてもまたソファに寝かせばいいじゃん」

「いやだ、わたし、わたしのところがほしい」

その言い切りに、時子は一瞬、フラッシュを焚かれたようになった。これまで聞いたことのない、朝日のはっきりした主張だった。考えてみれば、一度住みつづけさせてくれるように頼んだくらいで、そのほかはどれも朝日が頼んだことではない。やってきたものを受けとめては苦しんだり悲しんだりすることでせいいっぱいで、みずからなにかを望むところまで朝日の手がとどくことは、これまでなかったのかもしれない。そう思ったら急に不憫《ふびん》になった。

「いいよ。わたしが上で寝るから、下はあげる」

「下は、時子のところだから」みょうに食い下がる。

「わかったよ。下はわたしのだったけど、わたしのだから、朝日にあげる。ね」

そう言うと、朝日は短く、けれど何度も、うなずいた。それから身体を起こして、「時子」と言った。

「時子。最近、なんで怒ってるの?」

なんの感情も読み取れない、草がゆれるみたいな声だった。

「え。なに、怒ってないよ」

「怒ってるよ。時子、ときどき怒ってることあるよ。わたしのこと避けたり、話しかけないようにしたりする。いまも、しゃべったの、久しぶりだよ」

「え、え、え」

急に問いつめられて、時子はうしろにのけぞった。頭がまっしろになって、それから潮がみちるように、ゆっくりと怖くなった。これまでの試行錯誤がつぎつぎに頭に浮かんだ。いままで朝日がなにを考えているのか、まったくわからなかった、わたしとはちがうのだと思いつづけてきた。相手の心を推し量れないと前提することが、他人と付きあうときの原則だと思ってきた。けれど、違うのかもしれない。朝日はずっと、わたしとさほど変わらないやり方で、わたしの態度や言葉になにか感じたり、考えたり、腹を立てたりしてきたのかもしれない。

「ごめ、ごめん」と言ったきりなにも言えずにいると、朝日が倒れるように胸へ入ってきた。文字通り入ってきたのだった。時子の胸は丸く欠けていて、朝日の首が肩がそこへ、埋まった、と思ったつぎの瞬間、時子のほうが朝日の胸のなかにいて、抱きしめられていた。

「時子。わたしのことが嫌いでしょ」

「ちがうよ、まちがってる」事実だった。

「ありがとね。嫌いなのに、やさしくしてくれて」

ちがう、と思った。ちがう、わかっていない。心のなかで否定すると時子自身、自分の姿が彫刻されていくみたいだった。ちがう、ちがう、嫌いだから、いさせているわけじゃない。怒っているから黙っていたのでもない、逆だ、死んでいてほしかっただけで、いいやそれもちがう、幸せに、なってほしいだけ、というのもおそらくちがって、「大事だよ」と時子は言った。朝日の腕のなかはあたたかく、たっぷりの白い布に、つつまれているみたいだった。けれど、朝日が首を横に振ったのがわかった。

「いいよ。大丈夫。じゅうぶん」

それから身体を離し、時子の両肩を持って、「ね。ギター弾いてよ。歌おうよ」と言った。頭がくらくらした。言われるまま立ち上がって、壁にもたれていたギターを取った。ネックをつかんだとき、ほんの一瞬、このままギターを振り上げて、朝日の頭に振り下ろすところを想像した。ギターは木片を散らしながら盛大に割れ、朝日の頭からは血が流れだし、目をむいて倒れる。もう一度殴る、今度は破片が動脈を切り裂いてぴゅーっとウォシュレットみたいに血が噴射される、けれどやめた。朝日のとなりに座って、「なにがいい？」と聞くと、朝日は時子がはじめて教えた曲の名前を言った。朝日が歌い出すと、時子も歌いたくなった。ユニゾンのまま、ふたつの声が最初から最後まで、並ぶように歌った。歌い終わると朝日はまぶしそうな顔をして、言った。

「ね。今度ふたりで、ごはん食べに行こ。またお風呂も行こうよ。わたし、まだ回数券、持ってるよ……」

　時子も、うなずいた。いい考えだと思った。

　時子はその夜、生まれてはじめて上のベッドで眠った。ほこりが溜まっていて、くしゃみが出た。石とノートを回収したかったけれど、もっと確実に朝日の目をのがれるときでもいいか、と思った。どちらにせよ明日からは、もっと朝日としゃべってみよう。くだらない考えや、今日あったなんでもないことなんかを。自分のすてきだと思ったものを、ひょっとして朝日も同じように思うのか、試してみよう。ごはんも行くしお風呂も行く、ふつうの、友だちみたいにして。心のなかでそう唱えると、胸がぶくぶくと沸騰した。はげしく代謝して、あたらしい細胞を作りだそうとしているみたいだった。

そうして目を覚ますと、なにか冷たいものが頬にあたった。目をこすって見てみると、それは石だった。聖母の、胸のところに目が、ふたつ描かれて、にっこり笑っていた。横にはマンガみたいな吹き出しがついていて、「だいすき♡」と書いてあった。見た瞬間、胸がカッと燃えあがった。吸いこむ息が声をともなって、ブレーキみたいな音がした。石はふだんよりずっと小さくうす汚れて見え、時子をひょうきんな顔で見つめつづけるのがなにかに似て、そうだ、バーバパパ。と思った瞬間、胸から粉のようなピンクのビーズが勢いよくあふれだした。手のひらほどの穴の直径いっぱいに、ピンクのビーズがたがいにこすれながら排出されつづけ、痛覚があり、「嫌、嫌」と言えばますますいきおいを増して、ベッドをあふれだす勢い。なんとか顔のついた石を抱き、胸へ嵌めようとするけれども、あんなにぴったりおさまっていたはずなのに、まったく入らない。さっきは小さく見えた石が今度は巨大化しはじめ、あのビーズクッションほどのサイズへみるみるふくらんでいく。目も口もぐいーんと大きくなり、死ぬっ、と時子は直感的に思う、食べられる！　下から、「うわーっ」と声がして、朝日がベッドの枠から顔を出した。めりめりとビーズを産みつづけている時子を見ると、「やめて、やめて」と言って肩をおさえる。肩、から自分の手へ視線をおろすと、ピンクのぼろきれがにぎられている。肉っ、と思ったけれど、朝日がそれを取り上げると、発作はやんだ。「あーあ」といって朝日の持っているのが、ずたずたになったあのバーバパパの、皮。ビーズはすでに白く褪せて乾き、ベッドの下まで降り注いでいた。

「なに、なんで、そんなことになるの?」

朝日はあきれているようだったけれど、時子の手はまだふるえていて、石をにぎり、朝日へ見せつける。

「これ、なに」

「あ。ベッドに残ってたから渡そうって、それでついでに、仲なおり」

「なんで、なんでこんなことするの?」

「え、いや、ごめんね、大事なものだった? いちおう水性にしたから、落ちるよ、洗えば」

時子はほとんど転げ落ちるようにベッドを降りて、石を洗面所のシンクに置き、勢いよく流水にあてた。濡れた瞬間、絵の具を塗ったみたいに石の色が深く、あざやかになり、にぶく光を反射した。たしかに、インクはすぐに落ちた。石は他人のようにつやめき、もう、聖母の顔も、両手も、見つからなかった。タオルで包んで拭いても同じだった。石の石たる部分、なにかたましいのような部分まで、渦を巻いて排水溝へ流れてしまったのだ。胸の痛みはすでに凪いで、心臓の感触があった。肉だったからだ、と思った。朝日は肉でできていて、わたしが落としたのも肉だった。だから石はわたしになれない。

　思い出してみればあのとき、わたしだけがまちがえた。海べで下を向いた人たちの手に握られていたのは石ではなかった、赤くしたたる骨の交じった、大きな肉、小さな肉、足元はいちめんが肉の浜で、痛覚があって、痛かった。そうだった、どうして、忘れていたんだろう。あのときわたしは痛くて、たまらなかった。だから悲鳴をあげたらみんながこっちを向いて、だれの眼のなかにもみっちりと詰まった、あたらしく濡れて、ぴくぴくと引き攣《つ》る肉。生きている肉。

　さけびそうになったとき母が入ってきて、「あんたなにやってんの、間に合うの」と言った。時計を見るとそのとおりで、とりあえず石をタオルにくるむと、足元に置いたまま出社して、遅刻だった。

　帰ってくると、朝日はリビングにいなかった。部屋のドアをあけると、下のベッドに寝そべっている背中が見えた。床には白いビーズが積もったままだ。一度深呼吸をしてからベッドのフレームにかけてある小さなほうきをとり、ビーズを掃きはじめると、朝日の背中がのっそり動いた。

「捨てちゃうの」

水底から上がってくるような低い声だった。「捨てるかな」と短く答える。

「ゴミ交ざってるし、静電気やばいよ。ほら。くっつく」

「わたし」と言ってから、朝日は起き上がり、ベッドの足元に向いたまま膝を抱えて、部屋を端から端まで見渡した。体勢を整えながら次の言葉をさがしているようだった。

「なんで、こんなことするの？」

「べつに、事故じゃん。わざとじゃないよ」

「けど、わたしのだよ」

そう言われてはじめて、時子は朝日の横顔をちらっと見た。しかしすぐにふたたびうつむき、床の掃除に戻った。時子が無視をしたと言えるのに十分な時間をあけて、朝日が言う。

「怒ってるんでしょ」

「いや、もう、しょうがないよ。わかんないでしょ」

「わかんないでしょって、なにが？」

「たしかに、大事なものだったけど、もうよくなった。説明してもわかんないよ」

顔を上げたら今度は、朝日と目があった。

「ううん。わかる」

睨みつけるような目だった。そして、さらに予想していなかったことが、あとに続いた。

「時子、あの石のこと、わたしだと思ってる」

一回聞いただけでは意味がわからなかった。

「なに？　それ」

「このわたしじゃなくて、石が、わたしだと思ってる。お父さんとお母さんはわたしのこと麻央子さんだと思ってるし、時子はわたしが、海でその石になったかなんかって思ってる。だからわたしがどこにもいない」

「ちがうよ。麻央子は」家族だし、と言いかけて、危ういところで飲みこんだ。そのあとに続くのは朝日を打ちのめす言葉しかないと、自分でよくわかった。そのとき突然、頭のなかが不吉なひらめきでいっぱいになった。

どうして朝日は、石が海から来たことを知っているんだろう？　そして、それが朝日の死と関係していることを。

焦った頭は速くめぐり、ある仮説に行きつく。そうだ、それで、説明がつく――日記を読まれた。それしかない。下のベッドにひとりになったから、ノートの存在に気がついたのかもしれない。見つかってしまえば読むチャンスはいくらでもある。隠すときに見られたのかも。そうだ、あわてて背中で隠したこともあった。問題はいつ読まれたかで、いまの時子が書きはじめてからだったとしたら？　それでなにも知らないような顔をしているんだとしたら？　そう思うと、頭がじりじりと熱くなってきた。朝日は朝日で、思うように会話が進まないことにいらだちはじめているようだった。

「もうさあ、お互いさまじゃだめ？　大事だったならごめんだけど、仲直りしたかっただけじゃん」

「あのさあ、なんかわたしに隠してるでしょ。言ってよ。なんかずっと、いろいろ、隠してることあるでしょ」

「なにそれ。ほんとにそんなこと言いたいの？　わたしに言いたいこと、いっぱいあるくせに、いつも違うことを言うよね」

「そうだよ」と時子は言った。これが朝日の手慣れた挑発なのはわかりきっている。

「ほんとはずっと、どっか行ってって思ってる。会わなきゃよかったって思ってるよ。だけどそれは前言ったよね。聞いてなかったのは朝日じゃん。勝手に人の部屋で、人のものさわって、いつまで、そうやってるつもりなの？」

一瞬、ほんの一瞬、朝日が泣きそうな顔をした。けれどくちびるをぎゅっとむすんで、ふたたび時子をにらんだ。けれどもう、朝日が怒っても、泣いても、かまわないと思った。

「てか、ぜんぶ知ってて、なのに自分が気に入らないからって、わざわざ落書きしたってこと？」

朝日はくちびるをまっすぐ固め、なにも答えない。洗ってしまってから、石は洗面所に置いたままだ。ため息をつき、「信じらんない。なんでここで無視できるの？」と言い終わったときにはもう、ぜんぶどうでもよくなっていた。ベッドに近づいていくと「なに、なに」とひるんだ朝日を押しのけ、マットレスの下に手を差しこんで、黄色いノートを無理やり引っぱり出す。表紙には「日」とだけ書いてあって、サインペンの黒いインクはこすれ、文字のところどころ穴があいている。いま盗み読みしたことを謝ってくれれば許そうと思ったけれど、朝日はやっぱりなにも言わなかった。

　時子は一度強く目をつむり、朝日のほうを見た。朝日は当惑したような顔で時子を見上げていた。なにもわかっていないようなそのようすも白々しく、気にさわって、時子はいまここでノートを引きちぎってやろうと思った。これが自分にとってどれほど必要のない、取るに足らないものなのか、朝日に見せてやりたかった。けれど開きかけたところで少しためらい、結局表紙ごと縦にふたつに折った。どんなに力をこめて折り畳もうとしても表紙の厚紙が邪魔をして、ノートは折る前よりもむしろ存在を主張するように広がった。

「ヒ……」と朝日が言ったのがおびえたのではなく表紙の文字を読んだのだと気がつくのに、少し間が空いた。そのあとさらに間があって、朝日はつづける。

「なにやってんの。そのノートなに？」

「え？」と声が出て、足元がぐにゃっと揺れる気がした。

「知ってるでしょ」

「知らないよ。日記かなんか？」

　それはたまたま正解に近づいていたけれど、しかしあくまでたまたまにすぎなかった。なんと答えればいいかわからないまま、時子は孔雀のように広がったノートをさらに手のなかでひねりつぶした。表紙に亀裂が入り、紙がこすれる音がする。それが時子には、自分の身体がねじれ、こすれる音に思えた。またうそをついて、ごまかしているのかもしれない。けれどひょっとしたら本当に、知らないのかもしれない。盗み読みもしていなければ、十七歳のころわたしたちの交わした日記のことも、あっさり忘れてしまったのかもしれない。なるべく小さく握りつぶしたあと、拾った髪の毛でも捨てるみたいにできるだけ軽くゴミ箱に放りこみ、「そうだよ」と答える。

「大学のときちょっとだけ書いてて、だけどもう書いてないの。一応隠してたけど、ベッド移るなら、捨てちゃおうかなって。読まないでね。恥ずかしいから」

なにもかもうそだった。読まないように言ったことさえうそで、本当は朝日が隠れてゴミ箱からノートを取りだして読み、ふたりのすべてを思い出して、さらには時子がどれほどに苦しんできたか、やっとわかってくれたらいいと思った。そうしないのはおかしいとさえ思った。

けれどそれから何日経っても、ノートは時子が捨てたそのままの形でゴミ箱のなかにありつづけた。折りたたんでしまったせいで、そのことが痛いぐらいにはっきりわかった。それどころかその上に、チョコレートの包み紙や鼻をかんだティッシュ、朝日がとうとう自分で掃き集めたらしい白いビーズが、日ごとに積もっていった。朝日はあれからずっとなにか不服に思っているようで、時子を見るときゅっと左がわにくちびるを詰め、ときにあからさまに避けた。そのあいだに十七歳の朝日がものも言わずゴミに埋もれて、窒息していくような気がした。時子はよほどそのなかに手をつっこみ、埃を払って、ていねいに皺を伸ばしてやりたかった。けれど結局そうしないまま燃えるゴミの日が来て、時子が仕事から帰ってきたときには、ゴミ箱はすっかり空になったあとだった。

クッションをなくしてから、朝日はまたリビングにいることが多くなった。反対に父はあまり家にいなくなり、母も朝日を趣味に付き合わせることが減ってきていた。朝日の存在に慣れてきたからかもしれないし、ほかに考えないといけないことが増えたからかもしれない。言いあらそうことも、朝日をもてなすこともやめた家は、すっかり静まりかえった。そのリビングで、朝日はだまってソファにもたれ、母の毛糸で指編みをしていた。時子が部屋で着替えて戻ってきても見向きもせず、口をとがらせて、つまらなそうに指先を見つめている。時子は日記のことを思い出す。日記のなかでときに悩みを打ち明け、ときにふざけ、時子にはじけるような信頼を寄せていた、朝日のはっきりした丸い文字。そして、日記に書かれた言葉以外の十七歳の朝日のことは、もはや思い出せなくなっていた。間もなくそれも忘れていくのだろうと思った。このごろ朝日の髪はついに前髪まですっかり伸びて、いつもぜんぶを後ろに流し、ひとつに結んでいる。そうすると顔がみんなあきらかになって、おでこにあるにきびも、産毛も、起きてすぐの枕のあとも、ひとつひとつよく見えた。その髪の束がソファの外に落ちて、揺れていた。

「あんたって、なんなの?」

時子がそう言ったのが、少なくとも近くにいた母には聞こえていただろう。けれど母も、それから朝日も、どちらもなにも言わなかった。母は読んでいた雑誌から、朝日は指の間へくりだされていく桃色の毛糸から、ひとときも目を離さなかった。

そのころから、朝日と言いあいになることが増えた。きっかけはいつもくだらない、靴下を片づけるとか片づけないとか、チャンネルを変えるとか変えないとか、一晩経てばどちらでもよくなるようなことばかりだった。けれど朝日はそのこまごまを気にするようになり、見つけてきては時子に文句を言う。それも、「部屋散らかってきちゃったけど、時子のものはさわんないほうがいいんでしょ?」とか「テレビの音で頭痛くなってきちゃったんだけど」とかいうふうに、自分がひどいことをされているような、それでいて自分にもこの家で好きに過ごす権利があるのだと言い張るような、みじめな調子で言う。思わせぶりに挑発してくることはあっても、そんなふうに生活上の具体的な問題について正面から食ってかかってくるのは、これまでなかったことだった。分けていたはずの服も気づいたら交ざりはじめていて、ときどき取りあいのようにもなった。朝日に文句を言われると時子は動揺して、そのせいでつい言いかえしてしまう。そうするとかならず言いあいになった。母が言いあいに加わることもあったけれど、最後にはいつも朝日の味方についた。あくまで他人として接する上での遠慮に、昼間を家で過ごしているもの同士の連帯が加わっているみたいだった。

言いあいが起きるかどうかは、朝日の機嫌にまかされていた。調子のいい日にはにこにこ笑って、時子に音楽やゲームの話をしたり、母の言ったおもしろかったことの話をしたりする。時子にはそれが、自分で情けなくなるぐらいに、うれしかった。これまで、いろいろあった。うっとうしく思うことも、見知らぬ人のように思うこともある。しかしまずは確かに、いまここにいる朝日という人のことが好きなのだ、と、自分自身で強く思うこともあった。

けれどちょっとすると、時子の失言や忘れものが朝日を傷つけ、攻撃のきっかけになってしまうのだった。朝日が攻撃的なことよりもむしろ、同時に弱々しくもあることのほうが、かえって時子の神経を刺激した。苦言を持ちだすとき、朝日はいつも小さな声で、上目遣いで言う。そこからなにかを言いかえそうと思うと、本当に自分が悪いことをしているような崖際へ、すぐ追いつめられてしまう。掃除や風呂の話をしていただけのはずだったのに、自分が朝日を受け入れられるかどうかを試されているような心地になった。実際言いあいが長く続くと、朝日はいつも言った。

「ごめんね。どっか行くよ」

そうしてそのときいた部屋を出ていき、翌日まで姿を見せないこともしょっちゅうだった。もっとひどいときには自ら時子に「どっか行けって言って」と言いつのり、わざわざ時子の声に「どっか行って」と言わせた上で、だまって出ていくのだった。

それがはっきり時子にとどめを刺すことを自覚しているのだろう、と、時子には思えた。そして何度それをくりかえしてやっても、すぐにまたはじめの地点へ引き戻されてしまう。だから言いあう声も言葉も意味をなさず、朝日がそんなふうにかかってくるたび、時子にはむしろ朝日が黙りこくっているように感じられた。朝日はもはやものを言わない肉体となり、目の前へ近づいてくると、頭のなかに思い浮かべている朝日の姿よりいつも少し、大きい。その前に立たされると、時子の輪郭は反対にぼやけ、うすれていくような気がした。春が近づいていた。土から虫や芽の出てくるように、そのころ両親の言いあいもふたたび増えてきた。出産予定日が近づいているのが、どうしても母の気にかかるらしい。謝ってでもなんでも会いにいきたいという母を、父は頑として受けつけなかった。困っているなら麻央子のほうから頼ってこないといけない、そうでないとなにもできない、というのが、父の言いぶんだった。あたたかくなると、朝日は家族の誰より早く半袖を着た。それも時子が買ったばかりのTシャツだった。ソファの肘かけに預けられた朝日の素肌は洞窟の生きものみたいに白く、毛が生えて、紫外線から水までぐんぐん吸いあげてしまいそうだった。

ときどき、日記を書きたいと思って、時子は新しくノートを買った。けれどいつも長くは続かなかったし、書いたとしてもつまらないこと、すぐに落ちる紙飛行機のようなことばかりしか書けなかった。最初の数ページだけを汚したノートが何冊か溜まると、みんなまとめて捨ててしまった。朝日に会いたい、と、ふと思うことがあった。それが十七歳の朝日のことなのか、いまの朝日のことなのか、時子にはもうわからなかった。けれどそういうときに家に帰って朝日がいると、ほっとした。胸に空いていた傷は、あんなにくっきり痛みつづけていたことがうそのように、すっかりなくなったままだった。

そのとき朝日の言いだしたのは、咳がひどいということだった。花粉じゃないの、と返すと、時子がベッドの上の段から落とす埃のせいかもしれないと言う。仕事の期末が近く、帰りの遅くなった夜だった。「気をつけるね」と軽くいなそうとしても、朝日は納得しない。ただ布団を整えて眠っているだけのことを責められているようで、時子もだんだん頭に血が上ってくる。

「咳が出るとさ、息ができなくなるんだよ」

「上で寝る？　いいよそれでも」

「なんでそうなるの？　そんな話してないじゃん」

「じゃあ、なに、どうしたらいいの？　いましてたのって、どんな話？」

ベッドの前に立ち、自分のつま先を見つめながら、朝日は小さな声で言う。

「死ねって言って」

「なんで？　いやだよ。なんでそうなるの？」

「息が吸えないと、死ぬかもって思うよ。だから死ねって意味でしょ。ね、一回、死ねって言ってみて」

「いやだってば」と返したのは、ほとんど悲鳴だった。「どっか行って」ぐらい言ってやってもよかったけれど、「死ね」はいやだった。考えるだけで眉間がきゅっと詰まる。このごろはもう、自分が一度は朝日を亡くしていたことを、つとめて思い出さないようにしている時子だった。いまさらそんなことを蒸しかえさないでほしかった。朝日はいっそ調子がついてきて、歌うような声でくりかえす。

「ねえ。言ってみて。おねがい、おねがい、一回」

時子は顔をしかめたまま、朝日の脇を抜けてベッドの上の段に上り、掛け布団をわざと大げさにばさばさやってみせた。それが精いっぱいの抵抗だった。朝日がいじけて部屋から出ていくだろうか、と思ったけれど、案外おとなしく自分も下の段へもぐっていった。かと思うと、布団でくぐもった声で、「死ね」と聞こえた。だれに言っているのだろう、と考えたら時子はめまいがして、ぎゅっと目をつむった。早く眠ってしまいたかった。

そのとき、枕元で携帯が振動した。水谷からの着信だった。体を起こしながら出ると、水谷は泣いていた。

「うそ、なに、なに、どうしたの」

いそいで部屋を出る。ドアを閉めるとき、目の端で朝日のほうを見たけれど、朝日はこちらを見ていなかった。いい場所がないかきょろきょろして、結局一階に下り、玄関の外に出た。少し歩いたところにコンビニがあるから、そこまで行こうと思った。

水谷が泣きながら話したことには、モ2から急に婚約を解消されて、どうやら女がいるようだ、と言う。よく飲みに行っている女友だちがいると思ったらそれが愛人で、しかも会いもせずにメッセージで別れを告げられ、部屋の契約が、五年記念のネクタイが、SNSが、とあれこれまくしたてる。とりあえず相槌を打ちながらコンビニに着いたくらいで、あれっ、と思った。災害のようなひらめきだった。まさか、と思いながらたずねる。

「その、浮気の相手は、知ってる女なの?」

「相手だれだかわかんないけど、なんかサークル関係の人っぽい」

「マジか。同期?」

「後輩? なんかハタ、って前会ったでしょ、あいつとかと飲み行ってたっぽいんだよね」

指先まで凍りついていくような気がした。まったく確証はないけれど、しかし、違うという証拠も思いつかない。どれほど聞いても条件が矛盾しない。

朝日かもしれない。

もともと不審には思っていた。朝日はいまもときどき誰かと飲みに行くけれど、ハタとはもう連絡をとっていないはずで、相手がだれかはわからない。面倒になって追及しないできてしまったけれど確か、モ2が交ざって一緒に遊んでいたのを聞いた。それならひょっとして、あの電話相手。まさか。水谷が言う。

「あーもう。こんなことある？　もう、消えたい。死にたいよー」

時子は、短く「うん」とうなずいた。夜の電話で、泣き声が聞こえて、十七歳の朝日のことを、恋しく思わずにはいられなかった。そういえば、水谷が泣いていても、時子は泣いていない、と思う。感慨深い気がした。まちがっても水谷には言えないけれど、おかしかった。

もし本当に愛人が朝日なら、あの女もついに死にたいと言わせるがわに立ったのだ。

「一回、深呼吸しよ、ね」と時子は言った。朝日にすりきれるほど言った言葉だった。水谷がすなおに息を吸い、吐く音が聞こえる。時子はつづけて、できるだけ明るい声で言う。

「きっと、いいほうに向かうから。ね」

こっちは、朝日には言ったこともない言葉だった。朝日の人生にそんな言葉をかけることは冒瀆《ぼうとく》だと思っていたのだ、と、時子はなつかしく思い出す。コンビニは坂道を下ったところにあって、駐車場から遠くに家が見える。朝日がいる部屋の明かりがついている、のを見た瞬間、時子はうたれるように思い立った。朝日がいま、死のうとしているかもしれない、と思った。人生に苦しめられて、しきりに死にたがっていた十七歳の朝日。それなのに六年経ったいまでもあの部屋にいることが、いまさら不自然に思えてたまらなかった。そして、時子に「死ね」と言わせたがる、いまの朝日。本当なら、いますぐあの窓から朝日の身体が墜落してもおかしくない。そうなるはずだ。そうして、朝日はふたたびいなくなる。それでやっと、もとに戻るのだ。だれより朝日自身がそう望んだように——朝日は驚いたような顔で宙を舞い、アスファルトに叩きつけられる、と思いきやアスファルトは黒い水面でたちまち波うちだし、朝日の身体に手を伸ばして音もなく飲み込んで、そこへ二本の木が生えだしたかと思えば真っ黒な鳥居になって、波を割ってめりめりと天へ伸びあがってゆく——時子は座ったままだった。しゃくりあげる水谷の声に、うん、うんと声を重ねながら、しかし目だけはしっかりベランダを見据えていた。あのころ時子はいつもあそこに立って、朝日と電話をしたのだ。

見届けてやる、と思った。やっと本当にいなくなるのなら、「死ね」と言ってやれなかった代わりに、朝日、今度こそ、見届けてやる。それから電話に向かって、間女《まおんな》は死んだよ、いま死んだよ、と言ってやる。あんたの憎い女が、わたしの、わたしの大好きな友だちがいま、死んだよ。

けれど、そうはならなかった。街灯の点いた道路は静かだった。長い電話の末、水谷はしだいに落ち着いてきて、「そろそろ、寝るわ。ときちゃん、ほんとやさしいよね」と言った。

「そう？」

「やさしいよー。あのさ、わたし、なんだったら若干心配してる。ときちゃん、朝日ちゃんにやさしすぎるよ。まだ一緒に住んでるんでしょ。しかもなんか聞いたけど、朝日ちゃんって、うーん、まあアレだけど、仕事してないんでしょ。いや、べつに、本人たちがいいならいいんだよ。いんだけどさ」

時子は立ち上がって、家に向かって歩きだしていた。

「ほどほどにしなよ。自分大事にね。自分の無理しない範囲でいいんだと思うよ。冷たいこというけどさ、わたしはときちゃんの友だちで、朝日ちゃんの友だちじゃないから。ときちゃんがよければいいとこあるからさ。なんかもっと、自分勝手にしてほしいよ」

時子はしばらく考えて、「ありがと」と言った。電話が切れてから、家までのもうわずかな道を、走って登った。ちがう、ちがう、と思っていた。ちがう。なんにも、わかっていない。玄関に入ると両親の言いあらそう声が聞こえ、あまり内容を聞かないようにしつつ、息をひそめて二階に上がる。だれもいない部屋のことを考えながらドアを開けると常夜灯がついていて、朝日の寝息と、もうもうと温風を吐くエアコンの音が聞こえた。ベッドのなかで布団にくるまった朝日の背中が見える。コートを脱いでもまだ暑くて、セーターを脱ぎ、ズボンを脱いだところで、部屋のどこかから機械のノイズのような音がした。ごく短い、部屋で聞いたことのないような音だった。砂嵐が一瞬、来て、すぐに去ったような音。耳をすませて部屋をうろうろしていると、階下から漏れてくる母の怒鳴る声のほうが気にかかって、じゃまだった。続けて重たいものが落ちたような音がしたのも、父がテーブルを叩くか、本かなにか投げたんだろう。しかし呼吸の合間にふたたびあの無機質な音が鳴ったのを、時子は聞きのがさなかった。ジッ。ジッ。今度はそれが、ベッドのなかの朝日から鳴った気がした。時子は朝日をしばし見つめ、近づいて、軽く布団をめくった。出てきたのは朝日の白くて丸い肩、続いて背中で、裸だった。壁に向かって身体をちぢめた内側、顔のすぐ前に、液晶の光が点いている。タブレットだ。起こさないようにそろそろと覗きこむと、「通話中」のマークが見えた。つながっている。向こうにだれか、いる。すごい勢いで頭が回っているのは感じるのに、考えがまるでまとまっていかない。きっと電話をしていて、切らないまま眠ってしまったのだ。いまそこにあるのが、圧倒的な証拠かもしれない。朝日の、隠さないといけないものかもしれない。水谷に言わなければ、と思った次の一瞬には、水谷に隠さなければ、と思った。モ2の顔が頭に浮かぶ、けれどそっとタブレットを引き抜くと、そこにはモ2でも、ハタでもない、まるで知らない名前が表示されていた。画面の向こうから咳払いのような声がした。男性だ。

思わず「だれだよ」とつぶやくと、男が「あっ」と言った。

「起きてた?」

甘えるような、聞いたことのない声だった。時子はとっさに口をふさいで声をおさえながら、終了ボタンを連打する。画面はなにもなかった顔で切り替わり、デフォルト設定の待ち受け画面に戻った。さっきの名前から「?」とだけメッセージが届いたのが見えて、タブレットを朝日のいるベッドへ放りなげる。頭に当たってもいいと思っていたけれど、画面を下にしてあっけなく枕元にすべりこんだだけだった。メッセージが連投されているのかふたたびバイブレーションが鳴ると、朝日が喉でなにかうめきながら寝返りをうち、仰向けになった。もう一度布団をめくる。重力に負けてぺたんこにつぶれたおっぱいがふたつ、むき出しに放りだされていた。目をとじて、薄くあけたくちびるでしきりに息をする朝日が、急に自分よりずっと年上に見えた。ベッドのフレームは棺桶の縁に見え、シーツは白の、布団はむらさきの花たち、時子は朝日の葬儀に参列していない。そのことがたまらなくくやしかったころがあった。顔の前に手をかざすと、吐息を手のひらに感じる。吐き気で喉がうらがえりそうだった。「死ね」と思ってそのまま、「死ね」と時子は言った。それからわざわざ、「死ねマジで」と言いなおしもした。

かざしていた手を押しつけるとくちびるはわずかに濡れ、それでいてちくちく乾いていた。ふさがれた息は鼻から吐かれて時子の手にあたる、そのときふたたび、見届けてやろうか、と時子は思った。思えばいままでのことがすべてまちがっていた。朝日がにぶい声を出して頭を横に振ろうとするのをおさえ、今度は鼻と口を両手でふさぐ。それでも指の隙間からわずかに息が漏れて、時子はそのまま両手を首のほうへすべらせた。そうしているあいだ、時子はずっと朝日の顔を見ていた。朝日はまだ目を覚まさない。くちびるは解放されてぱくぱくとひらき、眉間に皺が寄ってくる。朝日の顔。まっすぐな一重で、頬がふかふかしていて、上向きのくちびるの両端はいつもうっすら笑いをこらえて見える。かわいそうな朝日。きらめくほどに弱い女。それでいてだれより、しぶとい女。このごろはそのどちらもいやだった。昔はどうだったっけ——にぎりしめると首は思ったより太く、皮膚のなかに、いろいろな手ざわりが通っていて、簡単ににぎりつぶしてしまうにはあまりに、複雑なつくり。その冒瀆らしさが、うれしいと思った。

一度呼吸をととのえ、いよいよ力をこめたそのとき、朝日の両手が時子の手をはねのけた。「あっ」とつぶやくあいだにすばやくベッドのフレームをつかんだかと思うと手は勢いよくこちらへ伸びる。朝日はそのままベッドを飛びだすように時子に体重をあずけ、尻もちをついた時子に覆いかぶさる形で落ちて、時子の首を両手でにぎり、自分のされたのと同じように絞めはじめた。どうして、と思った次の瞬間、殺される、が来て、もう考えてはいられなかった。冷たい手だ。

とっさに、朝日、と呼ぼうとしたけれど声は出ず、口をあけたらなおさらに、息がつづかなくなる。足をばたつかせ、身をよじりながら、朝日の両手に力いっぱい爪を立てる。朝日のくちびるがなにか言葉のかたちに動いたように見えた瞬間、

「生まれちゃうんだよお！」

とさけんだのは母で、二階まではっきり聞こえた。そのとき朝日がわずかに脱力したのか、朝日を払いのけようとしていた力の向くままふたり横向きに転がって、今度は時子が朝日に覆いかぶさった。首に手をかけてはみるけれど、さっきみたいにうまくできない。首にはまだ朝日の手の感触がある、強く絞めるのはもう怖かった。けれどやらなければまたやられるかもしれない、けれどどうして、どうして、そうしたら今度こそ、自分のほうが。手がふるえている。階下の声はずっとドアを通りぬけて鳴っている。もう春になっちゃうよ。いまじゃなかったらもう取り返しつかなくなるんだよ。生まれちゃったらもう、どうしようもなくなっちゃうんだよ。朝日はばたばたと手で床をさぐり、なにかつかんで時子の頭へ振りおろしたけれど、それはティッシュ箱で、時子の頭皮を傷つけただけだった。それから頬に平手をくらわせ、つぎに後頭部へ手を回して、首にかかった手ごと乱暴に自分のほうへ抱きよせた。思いもよらない動きだった。抱きしめられ

ると時子は急に、朝日のしたいようにまかせてやってもいいと思った。今度は、殺されたならそれはそれで、笑えるような気がした。

脱力すると耳元で、「生まれちゃうんだって」と朝日は言った。

「そうだね」と答える。

「どうする?」

「どうしよっか」

「どうしよう」

「どうするの」

話しているあいだにも、朝日はまた時子に馬乗りになろうとして転がる、しかし時子も応戦した。朝日が横向きのまま無理やり首を絞めはじめると、時子は近くにあった本の角で朝日を殴った。時子が朝日の髪を引っぱると、朝日は足を伸ばして時子の脇腹に膝蹴りを入れる。朝日の目が暗闇で殺意をこめて光り、ときに痛みにゆがむたび、それが時子にはしっくりきた。ずっと見たかったものを見ている気がした。だから、時子が打撃を受けて漏れる声は、みんな朝日への呼びかけとして発声される。朝日、朝日、朝日、朝日。

母がいよいよ咽《むせ》び泣きはじめる。お父さん、だって、どうするの。生まれちゃったら。どうするの。どうやって会いに行けばいいの。どうやって助けてあげたらいいの。朝日が時子の頬をつかむように口の中へ差し込んだ親指を、時子は唸りながら思いっきり噛む。それにもかかわらず、「どうしようね」と言いながらなおさら深く喉のほうへ押し込もうとするからえずいて、たくさんの唾液が朝日の手ごと吐き出される。咳き込んでいると、朝日がつぶやく。

「しょうがないじゃんね。生まれちゃったら」

直後、時子は朝日につかみかかり、また揉みあいになる。近づこうとする手足にはねのけようとする手足がぶつかりあい、どちらがどちらのものか、よくわからなくなってくる。がんばったねって、言ってあげたい。頭なでてあげたい。大丈夫だよ、絶対いい親子になるよって、言ってあげたいでしょ。そばにいてあげたいだけでしょ。なにがいけないの。ふたつの身体は、横向きに向かいあってお互い相手の頭を両手でつかみ、額と額をあわせたかたちになると、そこでついに拮抗した。朝日の手のひらが鰐《わに》のあごのように、力いっぱい頭に噛みついている。

絶対、助けが必要なの。お父さんにはわかんないかもしれないけど、そのときには絶対、ひとりじゃだめなの。だれかの助けが必要なの。おねがい。お父さん、お願い。

だまっていると、朝日の浅く吐き出す息のペースと、自分の息とがあってくる。朝日がなにか言うのを待っていた。朝日のほうでも、時子が口火を切るのを待っているのかもしれなかった。けれどもうどちらも、なにも言わなかった。少しでも力をゆるめればすぐに先手をとられるのがわかっていた。両手にふたたび力をこめる。人の頭蓋はとても硬く、手のひらはあまりにやわらかい。

初出　「文藝」二〇二四年夏季号

装画　加藤宗一郎
装丁　佐藤亜沙美

向坂くじら（さきさか・くじら）

一九九四年、愛知県名古屋市生まれ。二〇一六年、Gt.クマガイユウヤとのポエトリーリーディング×エレキギターユニット「Anti-Trench」を結成、ライブを中心に活動を行う。主な著書に、詩集『とても小さな理解のための』、エッセイ『夫婦間における愛の適温』、『犬ではないと言われた犬』など。二〇二四年、初小説である本作が第一七一回芥川龍之介賞候補となる。

新聞やWEBメディアでの連載も多数。執筆活動に加え、小学生から高校生までを対象とした私塾「国語教室ことぱ舎」の運営を行う。

いなくならなくならないで

二〇二四年七月二〇日　初版印刷
二〇二四年七月三〇日　初版発行

著　者　向坂《さきさか》くじら
発行者　小野寺優
発行所　株式会社河出書房新社
〒一六二－八五四四
東京都新宿区東五軒町二－一三
電話　〇三－三四〇四－一二〇一（営業）
　　　〇三－三四〇四－八六一一（編集）
https://www.kawade.co.jp/

組　版　KAWADE DTP WORKS
印　刷　三松堂株式会社
製　本　小泉製本株式会社

Printed in Japan
ISBN978-4-309-03207-8

文藝から生まれた本

生きる演技

町屋良平

家族も友達もこの国も、みんな演技だろ——元「天才」子役と「炎上系」俳優。高一男子ふたりが、文化祭で演じた本気の舞台は、戦争の惨劇。芥川賞作家による圧巻の最高到達点。

モモ100%

日比野コレコ

「安全な頭のネジの外し方もかわいい股の緩め方も人の愛し方も、いまだ全然わからない」モモの退屈な日常に彗星のごとく現れた、運命のトリックスター・星野。愛すべき文体で綴られた文藝賞受賞第一作！

煩悩　山下紘加

友達でも恋人でもないけれど、私たちはほとんど一つだった。それなのに、どうして――？　過剰に重ねる描写が圧倒的熱量をもって人間の愚かさをあぶり出す、破壊的青春小説。

迷彩色の男　安堂ホセ

ブラックボックス化した小さな事件がトリガーとなり、混沌を増す日常、醸成される屈折した怒り。快楽、恐怖、差別、暴力。折り重なる感情と衝動が色鮮やかに疾走する圧巻のクライム・スリラー。

マリリン・トールド・ミー　山内マリコ

友達なし、恋人なし、お金なし。コロナ禍に上京して進学し、家から出られずひとりぼっちの大学生のもとに、ある夜、伝説の大女優から電話がかかってきて――。運命突破系青春小説！

ほどける骨折り球子　長井短

自分の「弱さ」と「強さ」に後ろめたさを抱く男女の〝守りバトル〟、その結末は？ 映画や演劇でも活躍中の新鋭作家・長井短の傑作小説集！ 映画現場の「見えない存在」を描く「存在よ！」併録。